LA REINE CLAUDE

CLAIRE CASTILLON

La Reine Claude

ROMAN

STOCK

La vie a tout dicté. Je peux consacrer mes dernières forces à la terre, mais ma pensée s'est retirée de la vie, elle est ailleurs, dans le monde des choses incertaines. Je n'ai plus rien à dire à personne.

Jacques CHARDONNE, *Claire*.

À Olivier.

C'est l'histoire de ma vie qui a croisé la tienne, c'est l'histoire de nos nerfs en crise, de deux malades qui n'ont que l'amour pour moteur, la rage de rester haut. C'est l'histoire de deux têtes capables de se saborder pour que l'autre ne meure pas. C'est l'histoire du sillon creusé depuis cette rencontre-là, le long duquel poussent les fées et les fleurs. C'est l'histoire d'un prunier à déraciner parce qu'il s'est fichu au milieu, et les fleurs n'ont plus d'eau. Il faut l'abattre, en faire du bois, le bois de notre croix et celui de nos feux. Tu ne mourras pas. Je t'aime.

Pompon, balle, boule ou nombril. Pelote, œuf, cerise, melon, abricot, pomme, pomme de terre, patate, carrément,

11

nectarine, orange, clémentine, noix, noisette. Potiron. Reine Claude.

Je me demande à quoi elle ressemble, cette tumeur. Plaquée or, vermeil ? À dents, à piques, mate ou brillante, à l'eau, à l'huile ? Je me demande ce qu'elle fiche ici, si elle a ses papiers, si c'est une fille, qui elle est pour s'installer dans ta tête, quel âge elle a et si elle sait marcher. Ensuite, j'aimerais savoir si on l'a fabriquée ensemble, à quelle heure, à Paris, dans le désert, après les collines berbères, avant, à la mer ou à la montagne, à Marrakech, à Tunis, à Clermont, en Suisse, à Berlin, à Moscou, à Vancouver, à Malaga, à Torçay, à Mauran, à Lannion, à Saint-Cloud, à Picpus, à Reillanne ?

Est-ce qu'elle danse, pendant que tu ne veux pas me dire Il paraît que je vais mourir, pendant que je te supplie, insiste pour savoir avec les mots, les mots d'en bas, ceux de là-bas. Je sais déjà de toute façon. Mais dis-moi quand même, trépanation, biopsie, tumeur, cerveau, arrête avec tête et petite boule, dis-moi tout, dans les coins, que j'aie le droit de pleurer aussi, dans tes bras. C'est le monde à l'envers. Je pleure et tu consoles. Tu mets la tête en bas pour remonter mon corps en vrac, tas de linge sale humide bousillé à tes pieds.

Ils t'ont gardé un jour, puis une nuit, pour être sûrs du monde devant toi, et je ne suis pas venue te voir, parce que tu me l'as demandé, parce que c'était répugnant pour une jeune fille, l'odeur, les murs blancs, et le petit pansement collé au pli de ton cou. J'ai attendu près du téléphone que tu t'échappes de ta chambre pour m'appeler, ton portable ne fonctionnant qu'à un bout du couloir. J'essayais de savoir, tu te contentais de m'agacer en me parlant de la gentillesse des infirmières qui t'avaient préparé un repas spécial dans leur bureau. Je relançais, et sinon, tu as toujours mal à la tête ou c'est fini ?

Tu me parlais des autres patients, de ce département bizarre des maladies exotiques ; le médecin avait d'abord diagnostiqué quelque chose comme une malaria sans doute rapportée de l'un de nos nombreux voyages. On parlait des autres, comme les lendemains de soirs où l'on s'était dit de vilaines choses et où, pour se réparer, on diagnostiquait les failles dans les histoires d'amour d'en face, et on se prouvait qu'on était beaux et forts, nous, tellement supérieurs et sensibles, à côté de ces couples-là.

Lorsque tu es réapparu, j'ai regardé ta tête. Je m'attendais à la trouver bosselée. J'imaginais des déformations spéciales, comme des poings de bébé dans des ventres de mères. Mais rien n'avait bougé. C'était toi quand je t'ai rencontré, les cheveux bruns en bataille, les yeux pâles, la barbe mal taillée, l'air du chien fou en moins, l'air tombeur je veux dire, cet air que je ne t'ai vu prendre qu'un instant, le temps de relever mon numéro, et que j'ai détesté tout de suite, mais j'avais un ancien amant à évacuer à l'époque, et le faire dans tes bras allait sûrement le tuer. Peut-être habitait-elle déjà là, la danseuse, peut-être avons-nous partagé la place, cohabité sans savoir. Et si c'était elle qui m'avait plu en toi, l'étincelle au fond de ton œil, la fiévreuse, la trépidante?

Était-elle déjà là quand tu as sonné chez moi, la première fois? Quand tu es reparti, la première fois ? J'avais pensé ne jamais te revoir. Et ça ne me gênait pas tellement. Est-ce elle, la reine Claude, la souveraine, qui t'a fait composer mon numéro le lendemain même, puis tous les jours ? Est-ce elle qui a décidé qu'un mois après notre rencontre nous passerions l'été ensemble, pour ne plus jamais nous quitter ?

J'ai vingt-six ans et je veux continuer à en faire dix de moins, à rire parce qu'un chien est laid ou une serviette de toilette *affectée*, comme celle à franges de cette chambre d'hôte d'Ouessant où, sans doute, je reviendrai, si ton sang refroidit. Je sais qu'il perle, au plafond de la chambre Cardinal, fine balafre près du lustre où un moustique est mort.

Je pense à ce moustique. Je me demande s'il va t'attendre au paradis. Je réfléchis, je souhaite l'enfer aux moustiques, mais juste après je joins les mains, et demande pardon d'avoir sacrifié en pensées cette créature du bon Dieu. Je ne voudrais pas que ce soit toi qui trinques. Je donne des pièces à tous les pauvres, laisse passer les gens avant moi, j'offre ma place dans le métro, je jeûne, j'arrête la cigarette et le chocolat, je fais attention à tout faire bien, sans trop répertorier non plus, afin que là-haut on ne prenne pas ça pour un troc, qu'on ne se rende jamais compte que je négocie pour l'instauration d'une république de ta tête.

J'ai vingt-six ans et je ne pense qu'à moi. Au bébé qu'on allait faire, à la maison qu'on voulait habiter, au lapin et à l'âne.

J'ai vingt-six ans et je pense à ma dégradation physique, je vais avoir des cheveux blancs, des poches et des cernes, et l'œil gorgé d'unc eau prête à couler en réponse à certaines questions, ça va ?

J'ai vingt-six ans, et plusieurs fois j'ai craint ta mort. Les premiers mois de notre vie, il m'est arrivé de trembler à la pensée d'une ancienne amante ou d'une nouvelle rivale, puis j'ai eu confiance. Une confiance jamais éprouvée pour personne et qui n'était redevable qu'au fait que nous nous aimions, je ne peux l'expliquer autrement que par l'évidence. Je te savais, je nous savais naturellement assez remplis d'amour pour que les gens s'arrêtent à une frontière imaginaire, qui semblait nous entourer. Les femmes, les hommes ne pénétreraient pas l'intérieur du diamètre d'un houlahoop, ils n'oseraient pas franchir l'ellipse de chasteté gravitant autour de nous, ils seraient tellement ridicules, à tenter d'accéder à nos lèvres, à nos corps.

J'ai touché autre chose, une angoisse généreuse, une peur d'un soir de pluie où un camion te renverserait. La peur d'un fanatique te tirant dans le dos. La peur d'un fou, d'une folle qui en voudrait à ton nom, à ta tête, à ta voix.

J'ai vingt-six ans et je pense à ton enterrement, où je n'irai pas, pour ne pas voir les autres et pour qu'on ne me voie pas. Je ne serai rien, car je n'ai jamais voulu rien être, ni figurer sur aucune photo à tes côtés. Je déteste ce monde où les gens parlent. Tout ce que j'avais à raconter, je te l'ai dit à l'oreille, en plein cœur. Tout ce que tu m'as promis est à moi, personne ne le saura, personne ne profitera de ma peine en image, et tant pis si l'on dit que tu ne m'as jamais connue, tant pis si je n'existe pas, tant pis si je ne suis que ça. Tu l'as voulu, tu l'as eu. Rien qu'à toi.

Pendant qu'on consolera les tiens, pendant les fleurs, les serrements de cœur, les poignées de main, je partirai loin, vers l'enfer, avec les moustiques. Ils m'apprendront à piquer. Tu le fais tellement bien à ma place. Je ne sais pas faire avec les cons. Je me souviendrai toujours des coups bas qu'on m'a portés et que tu as effacés en les prenant à cœur comme s'ils t'étaient adressés, de tes regards furieux, tes poings révulsés, tes vengeances, ta rage, ton amour de louve, fallait pas m'effleurer.

J'ai vingt-six ans et je suis un paquet de haine contre la vie qui vient et contre celle qui part. Je me surprends à ranger tes affaires dans un coin, pour que le jour où ça viendra, ça ne fasse même pas *pouet* dans mon cœur, comme le jouet du chien qu'on écrase en revenant de l'avoir fait piquer, ou comme la couronne fanée d'une épouse morte. Je casse les habitudes, j'empêche les odeurs, lave ton linge sans attendre, je prends ta chaise à table, change de côté dans le lit. C'est ma place qui se vide, je m'assois sur toi pour ne pas te voir assis en face, et je fixe mon siège vide, il ne me dérange pas. C'est moi qui m'efface, je disparais pour devenir cette autre, froide et calme, que rien ne va bouleverser. Je te parle le moins possible, j'essaie le silence qui viendra me prendre tout à l'heure, j'essaie l'absence, je voudrais me dessécher, que ça soit neutre, qu'au moment où tu disparais, notre histoire n'ait pas existé.

Trompe-moi, quitte-moi. Je trouverai le moyen de te haïr avant de te transformer en saint. Après leur mort, on le sait bien, les hommes deviennent des dieux, ils n'ont jamais rien fait de travers, c'est le meilleur qui s'en va, et tout ça.

Chaque jour, je recense ce que j'ai détesté, dans ces mois traversés. Scrupuleusement je fais l'amalgame, je prépare la potion-dégoût, la potion-rejet, la potion finale. Je joue à nous tuer, tuer ce qu'on a voulu être, ça n'avait pas d'intérêt, hein ? Ça ne veut rien dire de faire un avec deux, c'était pour copier les autres et ça n'avait pas de sens. Être prise pour ta fille, c'est-à-dire, quand même, ressembler à sa mère, c'est-à-dire à une femme. Être toisée par des grognasses, et approchée par des dents longues, convoitée par de faux amis, jalousée par d'anciennes amantes, considérée comme une folle, une bizarre, une étrange, une pas normale, une pas moulée en talons hauts qui rit qui parle qui commente, une muette qui soupire, une pas faite pour toi, une trop jeune, trop sensible, une étrangère au monde.

Je pense aux autres, parce que c'étaient eux mon problème. Entre toi et moi, il n'y en avait pas. Mais les autres, ceux qui gravitent, qui bavassent, font des enfants, ont des souvenirs, voudraient s'en faire, les autres qui traquent, ceux qui donneraient tout pour savoir, ce que je fabrique avec toi, ce que j'ai bien pu te faire pour te transformer autant, t'adoucir, te faire rire, t'apprivoiser et te garder.

Je pense à ta popularité, qui toujours nous a empêchés de nous promener tranquillement dans un lieu habité. Jamais, sauf à vivre à l'étranger, nous ne pourrons passer quelque part sans qu'une vague monstrueuse n'enfle autour de nous, ne suive, ne demande des photos, des faveurs. Jamais tu ne pourras prendre ma main sans qu'aussitôt les gens s'approchent, à un, à deux, à cent, pour regarder de plus près. C'est du poignard dans le ventre, qui se retourne dans la plaie, chaque fois que ça recommence, dans les aéroports, les gares, les cinémas. Ça fait mal tant de bêtise, de méchanceté. Ça fait mal de ne pas pouvoir leur dire à ces folles de ne plus me bousculer. «Poussez-vous de là, m'a dit une vieille, l'autre jour, je ne le vois pas.» Je n'ai pas bougé. Elle croyait que j'étais une fan, aussi. Elle a recommencé. «Non mais si elle se pousse pas, comment je fais pour ma photo?»

Et *elle*, enfin je, suis partie finalement, parce qu'un coup de coude était venu cogner le petit ventre où je pensais que peut-être, d'après les signes. Une minute plus tard, tu posais pour cette photo et tu acceptais qu'elle t'embrasse. Judas. J'épiais la scène de loin, derrière un mur, et j'enfonçais mon poing dans ma bouche.

Mais j'ai beau dire, j'ai beau recenser, la potion n'est rien à côté de l'ascenseur qui s'est installé depuis que je sais que tu vas partir. Il s'est accroché, là où on donne du poing à la messe en murmurant qu'on n'est pas digne de recevoir le Seigneur, mais si seulement il dit une parole, on sera guéri. Je ne peux pas le supporter. Tu comprends ? Je ne peux pas te l'expliquer, cet ascenseur. Je ne sais pas ce qu'il y a dans sa cage. Du vide certainement. Enfin certainement. Ça monte et ça descend. De bas en haut et vice versa. Ça se faufile comme de l'air mais c'est lourd comme de l'huile. Sur les bords, c'est coupant, dru. Imagine un hérisson aux poils émaillés d'aiguilles et de lames, qui monte et qui descend. Dans moi.

J'aurais préféré avaler un avion. Ç'aurait été moins automatique comme va-et-vient. Il y aurait eu davantage de possibilités sur mon tableau de bord. Des touches pour s'en sortir quand ça dépressurise, des touches pour atterrir si le vent est tempête, des touches pour amerrir quand la terre est trop dure, des touches à oxygène et des boutons à vie.

Je suis sûre que c'était possible, avec tous les avions que nous avons pris ces temps derniers. Beaucoup plus d'avions que d'ascenseurs je crois. Je montais à pied, ça affinait mes jambes. Ça nous évitait d'attendre au pied des hôtels, des immeubles, des parkings, où les gens médusés répétaient, bovins, imbéciles, bouches bées et gueules de chiffes, Oh t'as vu qui c'est ? Non ? C'est dingue... T'as un papier ? Il fait beaucoup plus jeune en vrai.

Amoureux, je me souviens qu'on ne s'est jamais assis tous les deux dans un café, ni dans un restaurant. On arrivait dans les aéroports alors que les réacteurs d'avions tournaient déjà, afin d'éviter la cohue des autographes, et nous prenions les trains en marche. Je me suis tordu douze fois la cheville, j'ai raté des marches d'escalier, griffé ma main en me rattrapant aux murs, j'ai eu soixante crises de panique, avalé de travers vingt fois, j'ai égaré dix-huit pinces à cheveux dans le vent, ainsi qu'un trousseau de clés, un passeport, deux chapeaux. J'ai souffert d'un millier de crampes à l'estomac, de quatorze ampoules à la suite de sprints en chaussures à talons, de deux cocards d'admiratrices jalouses et de millions d'envies de pleurer devant le regard méprisant de victimes qui ne croiraient jamais que tu m'aimais pour la vie, comme tu n'avais jamais aimé, aveu susurré à mon oreille un milliard de fois, chaque jour où je te quittais, trop étrangère à ton monde, inapte à m'y attarder davantage, rebelle à la contamination.

Alors, au lieu d'attendre l'ascenseur, nous empruntions les escaliers, au plus vite, espérant qu'on nous repère moins. Je montais à pied et c'était mieux pour le galbe de mes mollets. J'allais pouvoir mettre des robes et montrer mes deux jambes dans les soirées de gala où les femmes ont leurs règles.

Je n'oublie jamais les choses moches, tu m'en veux, hein? J'y reviens. Allez. Il le faut. Un jour, nous nagions derrière une fille qui t'a demandé si, au moins, tu n'avais pas *vu ses règles*. Tu étais tout étonné, presque choqué par l'étrangeté de la question, mais le soir suivant cette baignade, te voilà qui ramenais ça sur le tapis dans l'ascenseur de l'hôtel, rappelais à cette jeune femme l'anecdote et la rassurais. *Non, mademoiselle, je vous promets que nous n'avons pas vu vos règles.*

Et moi, je t'expliquais pourtant que

ce n'était pas français. Je ne pensais qu'à la logique grammaticale de son, de votre affirmation, à la forme de cette phrase qui, si je ne la corrigeais pas, continuerait à me tarauder toujours. Dans aucun ouvrage sur la langue française la tournure « Avez-vous vu mes règles ? » ne sera jugée correcte. J'enrageais. Dis-lui plutôt que tu n'as repéré aucune trace visible de ses menstrues, dis-lui ensuite que pour les fuites, il existe des couches, et qu'on en finisse. Ou bien bouffe-lui le rouge et fais pas tant d'histoires. Mais ne parlez plus de cela, je vous en prie. Devant moi qui me suis toujours donné un mal fou pour ne pas rougir nos affaires, ne pas te dégoûter, vampire. Et pendant que je prends garde à ne pas te salir, tu me souilles, vous me souillez publiquement, toi et ta conne à règles.

Je dois me rappeler combien je t'en voulais fort parfois, combien je cherchais les griefs quand tout était trop parfait. Je dois accumuler le venin, je finirai par souhaiter ta mort.

Je vais perdre mon amour, je vais perdre ma vie. Je ne fais plus de sang, je suis tout sauf une conne à règles. Même cette once de féminité m'a été retirée. Aménorrhée, pas de bébé, pas de compagnie, pas de tendresse. Un abandon global, clinique, que la reine Claude m'a prescrit sans qu'on le lui souffle. Hier, je l'ai nommée responsable du traitement de mes déchets. En ta tête, elle a bâti son royaume, puis elle a fait de moi son objet, et je fais d'elle mon sujet.

Pardon pour mes rancœurs, pardon pour mes mots durs. Je ne sais plus, je t'aime. Je veux continuer à te suivre dans les avions et dans les escaliers, dans les salles sombres, et sous les objectifs, en retrait, ombre vacillante qui ne fait pas de fuite.

À Molène, puisque c'est là que nous sommes partis en apprenant ta maladie, j'ai voulu te tuer. Je ne supporte pas que tu dises que tu vas le faire si jamais tu te dégrades, je veux te supprimer cette peine, que tu meures sans le savoir, sans angoisse. Je voudrais te tuer à un moment où tu vas très bien.

Je t'aurais bien étouffé avec un oreiller pendant que tu terminais de savourer d'un sommeil tranquille un dormeur et du cidre, et l'amour qu'on avait fait. À Ouessant, lorsque tu t'es penché au-dessus d'un gouffre gigantesque, j'ai voulu te pousser. Au lieu de ça, je t'ai attiré contre moi. Puis j'ai pensé te demander des choses impossibles, sachant que pour moi, tu les tenterais. *Traverse la mer à la nage, et va sur l'île Keller me cueillir une fleur, puis reviens.* L'île Keller est séparée d'Ouessant par un courant qui ne permet aux bateaux d'emprunter ce bras de mer que très rarement, lorsque la marée est à l'étale. Une autre fois, j'ai failli partir. Tu m'avais dit que si je partais, je te tuerais. Mais ça entraînait une mort lente, et je sais que tu n'en veux pas. J'y ai pensé mais je n'ai rien fait, parce que je voudrais te garder au creux de moi, encore, te faire comprendre que ce n'est pas de la pitié de t'aimer sans cheveux, que ce n'est pas de la compassion de t'aider à te lever, mais bien de la servilité. J'aime être esclave de l'amour, essentielle, capitale, amoureuse, j'aime l'idée que tu ne puisses pas t'en sortir sans moi.

Je dis la messe, et engraisse mes douleurs comme si tu n'en éprouvais pas. C'est devenu si courant de t'entendre souffrir. Je souris, impassible. Et tu penses me lasser avec tes maux. Tu prends garde à ne pas trop en parler.

Seulement, lorsqu'il fait noir, que ma main se balade, et que tu glisses ton front à l'intérieur, j'ai mal, j'ai mal à en crever et je voudrais que tu le saches, il faut me croire si je te dis que sous mes airs supérieurs, je sais tout, je sens tout. Je scrute ton crâne comme s'il allait sortir un poussin de cet œuf. La nuit, je te vérifie et me réjouis de ta chaleur, je surveille ton alimentation. Je ne respire pas pendant que tu cours, pendant que tu nages, pendant que tu te bats pour faire comme si de rien n'était. J'ai envie de casser la baraque quand tu te cognes la tête contre une poutre mal placée, quand il n'y a pas de rideau pour faire le noir complet, celui qui te laisse dormir un peu mieux le matin. J'ai envie de tuer, de tuer avec les mains, à même les corps, les hôtesses qui te font répéter, les fumeurs de cigarette dans ta figure, les gens qui te bousculent, le levier de vitesse mal huilé, et la vitre qui ne se remonte pas, le grincement de l'essuie-glace, la carte routière illisible, le téléphone qui capte mal, la chambre qui ne voit pas la mer. J'ai envie de casser, d'arracher, d'exploser, de déchirer, mais je te le répète, surtout de tuer, de tuer avant et après. Avant pour t'oublier, après pour que tu restes.

C'est ton deuxième séjour à l'hôpital et je n'ai toujours pas accès à ta chambre. Je suis en toi, anesthésiée, je n'ai plus de corps. Ce matin, j'ai perdu une dent, sans rien faire, sans bouger, elle est tombée. Ça m'a rendue folle. Je me suis écorché les pieds pour penser à toi à chaque pas, j'ai mastiqué des glaçons et me suis piquée sous les ongles. J'ai marché, genoux nus, sur la moquette en corde, j'ai rempli mes tympans de Perrier-limonade et enfoncé ma langue dans une prise de courant. J'ai introduit ma tête dans un sac en plastique, laissé pourrir une quiche avant de la manger. Je me suis épilée au briquet, j'ai fait des chewing-gums d'allumettes et puis des crêpes au Canigou. J'ai sucé les boules rouges d'une plante vénéneuse, cueilli des champignons n'importe où dans les bois. J'ai mordu mes biceps et griffé mes gencives, puis sniffé des pollens pour satisfaire mon asthme. J'ai traîné sur le trottoir pendant une nuit entière, puis me suis savonnée à la lessive liquide. J'ai mangé des médicaments, et de la Biafine pour faire glisser. J'ai pressé un citron pour faire briller mes yeux, j'ai cousu des rasoirs contre mon oreiller,

31

collé des tiges de roses à l'intérieur des draps. J'ai dormi dans la cuisine, et creusé comme un chien, le nez rouge dans le carrelage. J'ai mis mes mains dans l'eau brûlante, j'ai avalé mes larmes. Je me suis noyé l'intérieur. Je n'ai rien senti, ou si peu, seulement sous la peau, un tournevis dément, fixant la rage et l'impuissance face à ta vie qui fuit.

Depuis, la cage monte et descend, lourd sous-marin aux matelots ivres. Ascenseur, nausée, je ne sais pas, atroce univers de vivants.

On se retrouve de nouveau, pour la fin des vacances. On va faire comme si de rien n'était, c'est ce qui est décidé.

Après un déjeuner sur une plage déserte, on est rentrés s'aimer. Je me suis plainte de ne pas avoir eu le temps de manger ma glace, et puis je me suis souvenue que c'était carême, pour moi.

– Oui mais avec tout ça, je n'ai pas eu ma glace.
– Il n'y a pas de Oui mais. Tu ne dis pas Oui mais. Tu dis Je t'aime, et tu montes dans la chambre.
– Oui mais...

Avec toi, je joue à la très petite, tu fais le sévère, *bouffe ta raie et fais pas chier, tu finis ton assiette, ou tu perds le droit à la parole.* Oui mais. *Oui mais rien, mange et tais-toi.* Oui mais j'ai plus faim. *Tu manges quand même.* Oui mais j'ai un gros... *Oui, tu as un gros, d'ailleurs on ne voit que ça, quand on te regarde, le premier truc qu'on se dit c'est Oh là là là là... Ce cul énorme qu'elle se traîne. C'est même pour ça qu'on parle de toi d'ailleurs. Du coup, tu as intérêt à bouffer sinon tu vas sombrer dans l'anonymat.*

Tu me fais rire. Je mange tout, je te montre l'assiette immaculée, et tu me souris.

Je fais la sieste, je n'arrive plus à dormir quand il fait noir. Tu es sorti acheter le journal. Pendant ce temps-là, on est venu me tourmenter. À peine avais-tu tiré la porte qu'on me réveillait. Figure-toi qu'on s'est permis d'entrer, et à grand bruit.

Je ne me suis pas laissé faire, et je n'ai pas eu peur. Elle s'est assise à la place que tu venais de quitter, près de la fenêtre, et a battu la mesure avec ses pieds. Quand elle m'a vue, elle a fait semblant de se lever pour partir. Elle n'a pas écouté mes questions. Pourtant j'en avais plein. Je lui ai dit Dis donc la grosse, qu'est-ce que tu me veux ? C'est moi que tu cherches ? Il n'y a que moi ici de toute façon, alors tire-toi, il n'y a rien à voir, hein ? Tu ressembles à une vieille pute qui n'aura plus de clients, et excuse-moi de te dire que ta doublure dépasse, tu es négligée. Prends une douche, tu sens le pétrole. Tu es muette ? C'est quoi la mélodie que tu cognes ? Tu fais des gammes ? Tu as avalé un taureau ? Pauvre fille.

Je l'ai effrayée, alors elle s'est levée pour sortir.

Elle était de dos, elle avait une culotte de cheval d'ailleurs. J'ai cogné dessus avec le fauteuil, puis lorsqu'elle a été au sol, je lui ai donné des coups de pied. Elle a tenté de se relever, je l'ai assommée d'un coup de bouteille de champagne. Elle est tombée raide et ça m'a fait rire, parce que la bouteille ne s'est même pas fêlée. On se serait cru dans un dessin animé. Elle était plate, avec sa forme encastrée dans la moquette. Je l'ai mise sur le dos, et j'ai enfilé dans sa gueule tout ce que j'ai pu trouver qui passait par sa gorge. Des boutons de manchette, des boules Quies, des médicaments, du parfum…

Dans ma trousse de secours, j'ai trouvé une seringue. Je lui ai fait une piqûre d'air et d'eau des toilettes. Puis j'ai piqué ses gencives pour ne pas la blesser en lui ôtant ses dents. Quand j'étais petite, j'avais entendu un enfant dire que l'orthodontiste allait lui *ôter une molaire*. Ce calme, cette application de l'enfant raisonnable qu'en pareille circonstance je n'aurais jamais été, m'a éblouie et terrifiée. À sa place, supérieure? inférieure? Je ne sais pas, j'aurais pleuré rentré, *on va m'arracher une dent, et après je serai à vif.*

Elles étaient bien accrochées, ses dents. Avec l'ouvre-bouteille du minibar et le bistouri de ma trousse de secours, j'ai découpé sa gencive supérieure. Ça saignait énormément, j'ai dû éponger avec une serviette de la salle de bains. J'ai trouvé un tube pour dormir dont j'ai vidé le contenu dans sa gorge béante, et j'ai rangé ses dents, et j'ai placé le tube. Ma grand-mère disait ça aussi. *Je vais le placer, je vais placer les photos.*

Je l'ai muselée avec la serviette, j'ai jeté un œil dans le couloir et avisé l'ascenseur de service. Il n'y avait personne, ni bruit ni vie. Je l'ai soulevée puis pliée en deux dans la cage d'ascenseur. Un coup d'œil à sa chatte avant de tirer sa main jusqu'aux boutons d'étage. Elle portait une robe rouge et n'avait pas de culotte. Une ficelle bleu azur dépassait de ses poils. J'ai tiré dessus, et refermé la grille avant de retourner dans la chambre pour *placer* mon tampon avec mes dents, puis je suis ressortie chercher une serviette de remplacement sur un chariot qui traînait.

Pas de trace de lutte dans la chambre. D'ailleurs il n'y avait pas eu lutte. J'ai replacé le fauteuil, ordonné la trousse de secours. Je remplacerai la seringue demain. J'ai remis le champagne dans son seau.

Quand tu es revenu, ça m'a réveillée une deuxième fois. Tu t'es couché avec le journal. J'ai passé ma tête par en dessous pour t'empêcher de le lire.

– Ah ça y est. Faut toujours qu'elle vienne m'emmerder quand je lis...

– Ce n'est pas l'heure de lire. On fait un peu la sieste. Tu liras plus tard.

– Je t'aime mon p'tit bout. Toi qui n'avais pas eu de dessert... Tu vas voir ce que tu vas prendre.

J'aime bien quand je dois imaginer ce que je vais prendre. Je n'ai pas analysé le discours, seulement pensé à des profiteroles, je ne sais pas pourquoi. Cette rondeur, cette générosité, cette gentillesse, dehors. Et cette glace, cette croûte de gel, ce froid intense à l'intérieur.

Ce soir, tu rentres à l'hôpital. Relativisons. Ouste. Après tout, avec ou sans toi, c'est pareil. J'ai une tête, et deux jambes, fille-têtard, comme tout le monde, je vais manger, boire et dormir, travailler, parler et sourire et rire même. Je vais faire des courses, partir en voyage, il y aura toujours les étoiles, les oiseaux, les fleurs et la télé. Tu n'empêcheras pas la terre de tourner avec ta mort. Je vais tout axer sur mes parents et sur mon chien. Je vais en adopter d'autres, je ne penserai plus qu'à mes chiens, c'est ça, je les marierai, on aura des enfants, on déménagera pour avoir un jardin. De toute façon, si je calcule, tu passais plus de temps dehors que dedans. Ce ne sont pas trois fichues heures avant le sommeil qui vont me manquer. Je m'occuperai. C'est le temps d'un film et demi. J'apprendrai à broder ou à peindre, je téléphonerai ou bien je prendrai des somnifères pour dormir plus tôt, pour oublier de t'attendre. Un jour, je me rendrai compte que je me suis habituée. Tu ne seras pas là, et je ne dormirai pas pour autant. Je m'occuperai, dans ma maison, je ferai mes cartons en vue d'un hypothétique déménagement.

J'apprends à finir. Je fais comme si tu n'allais pas rentrer, je fais comme si j'avais un amant, j'appelle le plombier, et le menuisier, tu ne sers à rien dans la maison, tu ne bricoles jamais et tout tombe en pièces, si c'est pas malheureux. Je nous regarde sur les photos et on est laids. Ou toi, ou moi, il y en a toujours un de raté, c'est bien la preuve que ça ne pouvait plus durer. Par exemple, mes parents, dès qu'ils sont photographiés ensemble, sont magnifiques, c'est une preuve, c'est ce qu'on appelle l'harmonie ou l'amour. Ne nous leurrons pas, nous ne sommes que de piètres pantins poseurs, sans talent pour la réussite des choses du cœur.

Et puis tout à coup, voilà que ça s'affole, l'ascenseur déraille, mes parents, ceux que j'aime, il n'y aurait pas la mort au bout, pour eux aussi ?

Prends ma main sur ton front mon ange, je vais te guérir, je te le jure, je vais le faire, parce qu'il n'y a pas d'autre solution, parce que tu ne peux pas mourir, je suis là et tu ne vas pas me quitter, parce que je ne saurai pas faire, si tu t'en vas.

Et puisque j'ai menti, la vérité à propos des photos de nous deux, c'est qu'elles sont toutes extraordinaires. J'en ai fait des agrandissements gigantesques, qu'au début je n'osais pas afficher chez moi pour ne pas faire ma prétentieuse et qu'à présent j'encadre, j'expose et j'admire, puis que je fuis du regard pour ne pas me souvenir, ne plus savoir comment c'était, le bonheur.

Ce soir tu rentres à l'hôpital, et je ne sais pas comment tenir si demain tu ne téléphones pas. Tu m'as prévenue que tu attendrais d'avoir une bonne voix pour m'appeler. Moi qui pensais pouvoir venir dormir à tes côtés... Avec toi, j'ai toujours eu tous les droits. Les portes s'ouvrent, les marchandes sourient, les infirmières sont gracieuses... Eh bien non. Je suis dans mon lit. Tu m'as empêchée de venir, encore à cause des images. Je regarde droit devant, sans bouger, pour ne pas heurter du regard l'un ou l'autre mur de la chambre. Je fixe la marque de la télévision, SABA, c'est neutre, ça fait du bien, je fais comme si j'étais en train de choisir des affaires au rayon électroménager. J'allume, pour tester la télécommande, j'ai envie de hurler en voyant la rediffusion d'une émission où tu étais invité. J'éteins, et je parle au vendeur. Oui mais Saba, est-ce que c'est une bonne marque ? Je ne connaissais pas, ce n'est pas courant, si ? Où est-ce fabriqué ?

Ah mais mademoiselle, peu importe le pays pourvu qu'on ait l'image.

On rit un peu. Et je recommence à l'envisager dans la chambre, cet écran, oui, peut-être, laissez-moi réfléchir. Je passe la main sur mon côté du lit, froid et tendu. Chéri ? Tu en penses quoi de ce téléviseur ? Rien ? Ça m'aurait étonnée... De toute façon, je dois toujours tout décider seule dans cette maison, eh bien puisque c'est comme ça, on va aller voir les machines à laver, et tant pis pour la télé, ça t'apprendra.

Ça prend sous les côtes. Je me souviens d'un soir où tu maudissais un certain monsieur, *petit marquis*, disais-tu si je me souviens bien, qui, au nom de votre amitié, m'avait ramenée jusqu'à la maison puis envoyé un message pour me confier que ça lui avait plu. On était dans le lit, et tu me faisais rire, à me faire la morale comme si j'en avais quelque chose à faire de cet homme-là, et à un moment, j'ai regardé les lettres sous la télé, et je me suis dit que l'inventeur de la marque devait être enrhumé lorsqu'il l'avait déposée. Saba, ça sonnait bizarre. Sava, en revanche. Sava. Je supposais.

Demain, on va prélever des fragments à SAS Claude pour voir de quoi elle est faite. Ils vont lui sucer le muscle, la réduire à un pauvre tas de graisse. Après, on fera un régime, tous les deux, ensemble, et comme on ne maigrit jamais de là où on veut en premier, on maigrira d'abord des bras et des côtes puis de la taille et des genoux et des hanches, puis tu perdras le gras de la danseuse ratée, reine déchue sans royaume où placer sa Terreur. Ça sortira une nuit sans que tu t'en aperçoives. Le lendemain, on trouvera l'oreiller mouillé, un peu visqueux. On sautera de joie sur le lit trampoline. Pour se refaire, on partira pour Colmar manger du pâté de tête. Et on boira jusqu'à la lie des bouteilles de blanc sec en se prenant dans les bras.

J'espère que demain, au passage, on lui retirera une demi-pointe aussi, elle se vautrera lamentablement, sans gras ni muscle, et périra dans son tutu idiot. Poussière, elle redeviendra poussière.

Tu me manques.

Eh bien mon cochon, heureuse d'apprendre que ton désir ne s'émousse pas sous l'effet de l'anesthésie. À peine as-tu recouvré l'usage de la parole que mon téléphone sonne, et je t'entends au bout, alors que j'attends de savoir si tu as mal, s'ils ont été gentils, si tu as eu à manger, si tu arrives à marcher, je t'entends me parler de la taille de ta queue, *ma vieille, des comme ça, ça ne se trouve plus*, et me demander ce que tu dois en faire si quelqu'un vient, tellement c'est *énorme*. Je dis Ablation. Ablation de l'érection, et plus vite que ça. Et ça te réjouit. Je t'imagine le machin dans la main, vérifiant sous ton drap qu'on ne te l'a pas enlevé et qu'il fonctionne toujours. À la fin de la conversation, je ne sais rien de ce qu'on t'a fait, seulement que tu as déjà arrangé notre week-end à Florence et que tu sors demain matin.

– Tu vas me rappeler ce soir, non ? te dis-je, et c'est un ordre.
– Je ne sais pas. Ça dépendra si j'ai envie de te tirer.
– ...
– Quelqu'un est entré, mon cœur. Je te rappelle.

Je t'imagine devant la surveillante, la quéquette penaude qui fléchit sous le drap, et elle qui te le répète encore, pour la énième fois monsieur, pas de portable, ça dérègle les machines. Est-ce qu'il a fait son pipi. Il va prendre sa température, hein, et ses cachets.

Toi, tu tiens encore la goutte dont tu te délectais au téléphone et tu lui tends la main pour prendre le thermomètre, tu te mets sur le côté, le visage dans l'oreiller. Elle sort, elle reviendra. Tu prends ta température, enfoui dans la taie qui sent toi, alors tu respires fort dedans, parce qu'elle t'excite cette odeur de vie.

Tu regardes les montants en fer de la table de nuit et tu les trouves sales, tu n'as rien mis dans le tiroir, mais il te fait penser à moi, et tu souris, et tu as envie de pleurer, et de me rappeler tout de suite pour me le dire, me dire qu'hier, avant qu'on dorme, tu as adoré mes recommandations à propos de tes effets personnels. Je t'ai conseillé de ne pas mettre ta montre et ton téléphone dans le tiroir de cette table de nuit, à cause des voleurs qui sévissent pendant que les malades sont au bloc. Mais la chef va revenir, ouvrir sans frapper, ou bien en frappant, un grand coup en poussant la porte, à peine le temps de cacher ta nudité, alors les larmes s'estompent, ce n'était rien que de l'eau.

De l'eau ? Tu es sûr, mon ange ? Il n'y avait que de l'eau ? Pas un peu de graisse avec ?

Alors que j'insiste, de nouveau, pour savoir ce qu'on t'a fait, ce que dit l'opération, j'ai droit à :

– Tu écris ? Tu écris une belle histoire ?

Puis il me parle des photos de Molène, il voudrait que je les lui raconte encore.

Je m'impatiente, on dirait que c'est grave d'avoir à raconter encore, bon, alors, pfff, y a celle où on s'embrasse, assis sur le muret, à côté de la grille de la maison qui vient d'être vendue, tu sais, on voit la mer. Il y en a trois presque identiques qu'on a prises avec le retardateur, sur le lit de la chambre, on rit. Il y en a une où on porte la même marinière mais ça ne me va pas. La plus belle, c'est celle où tu es seul, le ciel est sublime, strié de blanc, il y a la mer, toujours, et tu as ton tee-shirt bleu alors voilà, c'est beau. Sinon, il y a des photos des phoques mais je les ai prises de trop loin et on ne voit rien. Et puis il y a celle de nous deux sur le bateau nous ramenant au Conquet.

Je me souviens du trafic de mon ascenseur au moment de cette photo-là. Le rictus, c'est parce que ça déchire. Tu m'avais confié, comme un trésor trop lourd que je n'allais pas savoir où mettre, que tu venais sans doute de vivre ton dernier quinze août.

Je dis Trésor puisque pour le moment, je suis la seule à savoir, et si je ne connaissais pas son contenu, je me le garderais jalousement sur le cœur, parce que avec toi, ce n'est pas facile de posséder quelque chose qui n'appartienne qu'à nous.

Je dois me taire et ça me frustre. Non pas que je veuille raconter les détails mais je rêve de leur dire, à ces gens, que j'ai un secret immense à ne pas divulguer, puisque j'en suis la détentrice légale. Légale, comme si tu étais mon mari, on se serait juré fidélité, mais tu n'es fidèle qu'une fois, à celle à qui tu n'as rien juré du tout, seulement demandé de garder le secret, au creux de nous. Tu es fidèle, tellement fidèle, que je rêve que tu déroges, même d'un regard, d'un geste déplacé qui me donnerait le droit de partir. Demain tu l'auras dit à d'autres, parce que tu seras fier, je te connais, de montrer que tu continues à rouler. L'homme normal, atteint par ton mal, peinerait depuis longtemps. Mais tu ne me diras pas pour autant qui sait, tu continueras à me confier qu'il n'y a que moi pour me flatter. Ce n'est pas bien grave après tout, un peu décevant, rien de plus. Et comme je ne sais pas bien où ranger les déceptions, je les égare.

On dit tout et son contraire quand on tombe malade à en crever. J'envie les femmes aux hommes prisonniers ou soldats. Nous, on a perdu la liberté et on ne la retrouvera pas. Je suis malade d'amour, décidée à tout détruire si je ne peux pas nettoyer, et je ne peux pas, tu le sais, il y en a partout. J'attends qu'on t'inspecte le corps, à présent qu'on sait pour ta tête. Moi qui rêvais ailleurs, très-haut, dunes, astrolabes, je me surprends à rêver solide, terre à terre, petit, matériel, à rêver au moins pire, au côlon par exemple, il paraît que c'est celui qu'on soigne le mieux, puis je vois des pancréas partout, et j'ai peur, des poumons, des cœurs, je ne sais pas s'il existe le cancer du cœur, enfin si, je le sais, il existe. C'est le plus vicieux, on le traîne à vie, chaque saison il pousse un peu, par pincements. Il ne laisse en paix que les âmes sans trouble, les âmes dures. Et encore, il s'arrange pour les faire fondre, un jour ou l'autre, sous un prétexte fallacieux. Un cœur se tord ou s'est tordu, je ne crois pas vraiment aux cœurs mous, ou si l'on pense que ça existe, qu'on m'en donne un immédiatement. Un cœur sans pitié et sans larmes, une pompe à vide.

On veut tout et son contraire, que ça prenne du temps, que ça s'accélère. On se pose des questions bizarres, comme quand on était petit. Est-ce que je préfère que tu meures là, tout de suite, beau et propre, ou que tu traînes ça pendant cinq ans, avec mal partout et des cloques. Pourquoi des cloques ? Je ne sais pas. Peut-être parce que ce n'est pas la figure la plus commune dans les effets secondaires du cancer. J'ai instauré la cloque comme étape terminale, alors je peux attendre longtemps. Comme ça, tu vas vivre.

Pendant ce temps-là, je regarde ma dent cassée dans le miroir, et ça me secoue l'ascenseur, je pense à la souris, elle ne passera pas par là, je pense à mon petit vélo rouge dont j'avais retiré la selle mais qu'on m'a volé quand même, il y a quelques mois, je pense à mes bras ballants devant l'arbre nu où je l'avais accroché. Je pense aux nœuds de la vie, à un enfant trop gros qui dit *J'ai rien fait de mal* ou *Je suis pas méchant*, je pense à une oreille de chien sucée par des tiques, à une rentrée des classes, à une femme un peu laide moulée comme une sensuelle. À un grand-père comptant les pièces de son porte-monnaie de cuir râpé. À un clo-chard assis devant un bon restaurant, à un aveugle bousculé par du monde, à un monsieur qui boite et aux mioches qui se moquent. Je pense à des mots, chandail, soulier, sous, à des groupes nominaux, mon ours, bien belle personne, papier d'argent, ma maison, je répète des phrases, c'est à moi, t'as pas le droit, c'est pas ma faute. Je me roule dans ce qui blesse, trépane et laisse à vif. Je pense à un cercueil blanc tiré par des moutons et au clown Buffo jouant de son violon nain. J'entends le souffle d'un gros morse allongé dans le froid.

C'est toi, juste derrière moi, tes mains sur mes épaules, tu les fais glisser le long de mon cou. Je me retourne, tu m'embrasses et tu me serres. Je pose mes pieds sur tes grandes chaussures, et tout bas, je pense impossible que tu les quittes, elles sont trop neuves, trop reluisantes, pour qu'à l'intérieur y séjournent des pieds de malade. D'ailleurs ton parfum ne virerait-il pas, si sous ta peau, vraiment, ça s'éteignait ?

La reine Claude est une pute. À Florence, nous en aurons la preuve. Nous visiterons tous les palais, nous nous extasierons, pas devant les autres, ils me prendraient pour une niaise, déjà que ça ne doit pas être brillant, ils n'aiment pas les muets dans ce milieu, faut causer, même pour répéter la même chose que le voisin ou le mari, mais faut causer, fort si possible. Devant eux, je dirai les bons mots, mais lorsque nous serons enfin seuls, nous dirons systématiquement château pour parler de palais. Je t'explique, mon ange.

À Paris, nous ne parlons pas de château, d'ailleurs nous devrions, mais si là, à Florence, nous le faisons, la reine Claude ira se fixer ailleurs. On l'emmène à Florence, c'est un fait, mais il y a une raison là-dessous. À moins qu'elle ne soit insensible à la beauté et au charme, ce qui m'étonnerait, vu le cadre où elle a momentanément choisi d'habiter, elle se laissera happer par un des nombreux palais florentins. Ça va l'attirer, tu n'as qu'à les voir les filles comme ça, devant une grosse voiture, un grand appartement, ou une maison de vacances. La richesse, ça va lui faire perdre sa couronne. Reine tu parles, Miss France, et encore. La couronne de traviole, elle sortira de toi sans regret pour gagner son palais. Tout à coup, va savoir pourquoi, elle se sentira à l'étroit dans ta tête, elle pensera à son statut. Reine de Florence, ça lui plaira davantage que reine de ta tête.

Pour le voyage, la Claude portera un tailleur marron. Elle aura le teint brouillé, et le cheveu morne, mais l'œil alerte, elle choisira le plus beau château. Dès qu'elle se sera extraite de toi, elle aura ses règles, la pauvre. On ne les verra pas. Elles seront bien cachées dans sa Maxi Pétalia. Les rebords de la couche lui colleront aux cuisses, ça s'accrochera dans les poils, ça fera mal.

Mais elle ne pourra rien contre ça, elle devra attendre d'être au château pour améliorer son confort. Sur les bords des canaux, les chiens la suivront, l'un d'entre eux attrapera sa jambe, elle frappera au portail mais son prince prendra tout son temps pour ouvrir. Finalement, il se sentira obligé, mais se bouchera le nez. Elle gravira les marches, hésitant à chaque pas à ôter son slip, tant l'adhésif la blesse. En haut, le prince lui fera remarquer qu'elle sent mauvais, va dans ta chambre, femme. Elle ira s'y cacher jusqu'à ce que ça se termine.

Vidée de ses infections, elle deviendra une gentille reine, brave comme tout avec les malheureux et les déshérités. Elle empêchera Florence de mourir, et ce sera grâce à toi tout ça. Si la reine Claude n'avait pas séjourné dans ton cerveau, jamais elle n'aurait connu l'humiliation d'un rejet et toujours elle serait restée cette danseuse ratée devenue par rancœur vilaine despote.

Témoins de l'humiliation, hilares devant cette reine soumise, nous rejoindrons ton équipe. Un peu en retard pour le dîner, nous attirerons les regards. Mais où étaient-ils encore ces deux-là… Toujours en train de tirer. Comme j'aurai bu, je répondrai aux questions convenues de mon voisin, j'inventerai. Je suis nez. Ah oui ? Et pour quel parfumeur ? Pour les parfums de produits ménagers, je m'occupe des produits pour toilettes, vécés quoi. J'adore mettre de la menthe, vous savez, cette fraîcheur mentholée, comme un chewing-gum quand vous avez mangé de l'ail, mais dans les toilettes quand vous venez de faire un gros caca. Il n'osera pas me regarder, sourira à sa femme, en face, l'air de dire Chérie, Dieu sait qu'il s'est tapé des connes mais celle-là…

Toi, pendant ce temps-là, tu parleras avec une actrice. Tu l'écouteras raconter son nouveau film puis tu lui diras que tu as lâché ta tumeur dans un palais florentin, et que ça, pour le coup, ça pourrait faire un film, contrairement au sien, qui est sûrement pourri, comme le précédent, d'ailleurs. Tu ajouteras que l'an passé, on ne le lui avait pas dit pour ne pas la vexer, mais personne ne l'avait vu, enfin si, un couple parti au bout d'un quart d'heure… et c'était nous. Tu ajouteras qu'elle est trop maquillée et qu'elle a grossi. Puis nous nous lèverons, traverserons la salle et les gens se diront Mais où vont-ils encore ? Tirer, sans doute.

Nous effectuerons quelques pas de danse, avant de rejoindre en courant le palais des mille et une nuits, des cent mille et une nuits, parce que désormais, nous aurons le temps.

Tu as mal. Trois jours que tu ne dors pas à cause du fracas dans ton crâne, tu dis fracas, tu dis tambour de machine à laver, tu dis perceuse, la douleur te fait mal au cœur. Mais c'est parce qu'il n'y a pas encore eu Florence, mon Amour, c'est parce que la reine Claude s'ennuie, tu sais bien qu'elle ne comprend rien à ce que tu lis, alors elle tape du pied, elle ronchonne. Occupons-la, si tu veux, faisons-lui visiter Paris.

On a pris la voiture pour aller place des Vosges, sillonné le Marais puis l'île Saint-Louis, et on s'est trouvé douze appartements. J'aurais bien aimé descendre et marcher un petit peu, mais je savais bien qu'au bout de deux mètres, nous serions séparés par les cons. Alors on a roulé sans fin, traversé Bercy, comme un soir de l'an dernier où nous nous en étions enfuis pour être seuls, loin du monde, on est passés devant chez Vanic. Après on est allés au Luxembourg, on s'est garés devant chez Frédéric, à côté du kiosque, exactement là où tu avais perdu ton téléphone portable peu de temps après notre rencontre, en te baissant pour accrocher ta moto. C'était le premier dîner où je t'accompagnais. Tu m'avais dit que cette perte était le signe d'une nouvelle vie qui débutait, avec moi. Tout le reste était effacé. Puis nous avons ralenti devant chez Mona, la seule parmi tes anciennes qui a un cœur à la place du cœur, et Dieu sait que j'en ai croisé. Nous sommes passés en dessous de chez mes parents, je me suis rappelé ce premier rendez-vous avec eux, autour d'une assiette de macarons, comme c'était terrible à vivre, comme on avait rien à dire au début, comme c'était sensible finalement, touchant et joli, de ta part, de demander à les rencontrer, et de me féliciter, ensuite, pour leur générosité d'âme, tu ne savais pas si à leur place, tu aurais supporté de voir ta fille dans les bras d'un homme de ton âge.

On a continué de sillonner, tous les endroits dans le désordre, l'hôtel du déjeuner avec *le petit marquis*, ceux où nous avons dormi, pour le plaisir, les immeubles amis ou ennemis, les boutiques que je veux te montrer depuis longtemps, celle des ours de la rue Pavée, et des poupées de la rue Poussin.

On se fait du mal, peut-être, avec ces balades-là. Je voudrais oublier que je t'aime, et au lieu de ça, je mets des croix sur chaque souvenir, comme tu enfonçais, enfant, de petites épingles sur la carte du monde, fixant les lieux où tu t'étais rendu.

L'autre, dans ta tête, s'est endormie pendant la visite. Elle préfère Florence, elle n'aime pas Paris, ça la rase, tant mieux. J'ai bien tenté, croisant la station Château-d'eau, de le signaler haut et fort mais ça t'a fait sursauter et tu as posé une main sur ta tempe. Alors j'ai remis ça en passant devant l'Élysée, j'ai dit Oh le château du président de la République. Elle n'est pas sortie. C'était raté.

Je rate tout en ce moment, à part faire comme si de rien n'était avec les gens et mes amis. Je donne de tes nouvelles, il va très bien, raconte nos vacances, notre rentrée, et moi je vais très bien aussi, pour ainsi dire je ne me suis jamais sentie mieux. Je souris dès que je suis en face de quelqu'un, puis tout à coup ma bouche me lâche, il faut que j'aille m'enfermer aux toilettes, dans une cabine d'essayage, un cinéma ou la maison, alors le plus simplement du monde, je prends congé pour aller pleurer seule. Si l'on appelle, je ravale tout, et recommence, oui, bien sûr, ça me fera plaisir, je suis contente. À demain.

J'ai recouvré ma voix, je l'avais cassée à Molène. Ça me pose des problèmes. Avant, comme elle était rauque, les gens n'entendaient pas si je pleurais en parlant, mais maintenant, au moindre déraillement de mon timbre, je sais que je vais lâcher prise, alors je raccroche au nez, puis rappelle un peu plus tard, excusez-moi, je ne comprends pas ce qui se passe avec ce téléphone.

Lundi, tu reprends le travail. Personne ne doit savoir, je me tais, je continue le livre, ça fait du bien en plus, entre les fois où ça arrache. Le mal est mon nouvel amant, j'y suis accrochée comme je l'étais à l'amour, à l'époque où je ne connaissais pas ça, le fracas dans la tête, la peur, mais une peur tellement similaire à celle de l'enfance, la peur de devoir partir en colonie, le sac au dos, sans toi, plus jamais, pour parler, écrire, toucher, juste le sac à dos rempli de souvenirs, de papiers tordus et salis, de photos, de cahier intime rédigé à tour de rôle dans un avion. Ça pèse une tonne sur mes épaules, le sol est mou, mon corps trop mal agile pour se débrouiller là-dedans.

Comme d'habitude ce matin, lorsque tu partiras, je vérifierai d'un bref coup d'œil que tu as laissé tes affaires de toilette pour ce soir, encore. Bref, pour goûter le bonheur avec mesure, ou l'abandon du bout des dents. De ce coup d'œil découlera la réussite de ma journée, le chemin commencé, ou la désillusion, à quoi ça sert tout ça. À quoi ça rime. Je t'en voudrais à mort, si tu les as enlevées, encore plus si, en me quittant ce soir, tu donnes pour excuse d'aller lire chez toi un texte que je t'ai conseillé et d'être ainsi moins fatigué le lendemain, et tu le diras, je te connais par cœur. Par cœur oui, c'est ça. Mais comme il y a la reine Claude, je ne dirai rien, tu partiras avec elle, ça se tordra dans mon ventre mais je me tairai, je me souviendrai de ce que le médecin a dit, ou de ce que tu as inventé pour la paix du ménage, ne pas cogiter, surtout. Alors je te laisserai rentrer lire ces pages, avec un pincement à l'idée que tu n'ailles pas jusqu'au bout, que quelqu'un, chez toi, perturbe ta lecture, ou téléphone, ou qu'un bruit dans la rue n'arrive à tes oreilles alors que là où je me trouve, je n'entends rien. Je paniquerai à l'idée que tu grignotes un chocolat du placard à gâteaux de cette maison où peut-être on ne l'appelle pas comme ça.

Pour le moment je respire à ta place, je te donnerai tout mon oxygène, tout parce que j'ai dit tout, j'attraperai le gaz carbonique, j'ai l'habitude. Si tu avais un peu d'hélium avec, je m'envolerais, ce serait bien, pas loin hein, va pas te mettre à gamberger, juste un peu moins en dessous du sol, juste au-dessus, là où je gravitais il n'y a pas si longtemps, quand je pensais faire ma vie comme je la voulais, même si pour les grands, la vie à deux ne marche jamais, et plein d'autres choses qui les arrangent quand ils n'ont vécu que l'échec. Comme je plains les grands. Pas étonnant qu'ils tombent malades.

On a dansé des rock and roll au
mariage de Marie, c'était la première
fois, le seize juin. Avant nous n'avions
jamais dansé. On se bouffait des yeux
pendant les tortillements, elle était folle
cette envie de se mettre nus, sur place,
sans attendre. Je ne sais pas comment
c'est possible d'accorder deux corps au
point d'en commander la pénétration
à distance. Parfois, dans la journée, j'ai
l'impression d'avoir un truc entre les
jambes, non non, pas un type de passage
qui me lime une heure ou deux, mais
ta présence, la seule à pouvoir passer
outre le houlahoop et me posséder. Je
marche, avec cette espèce de truc en
moi, et tes mains même, quelquefois,
dans les miennes ou autour de moi. Ça
compense les promenades qu'on ne fait

pas. Je reçois des bribes de ton odeur, je pourrais, sans savoir où tu te trouves, sillonner un quartier et t'attraper, au flair, à l'instinct. C'est un état de mère ça, lorsque je chauffe parce qu'on se rapproche, pas besoin de me le faire savoir, je le sens, ça me prend là, en bas, et puis dans le ventre.

Ce ballet de souvenirs, d'images et de mots arrêtera-t-il de me faire valser au moment où refroidira le sang, au moment où la tripe se retournera pour se lover au creux d'elle-même ? Je ne veux plus vivre que pour la haine, le mépris, la violence. Il faut que tu m'apprennes à piquer, tu te rappelles, les petits marquis, les fous, les injustes, je ne veux pas qu'ils m'approchent, qu'ils récupèrent le morceau pendant qu'il se casse. Le morceau cassé ne saura pas refuser des bras, même ennemis. Il cherchera les coups. Tu dois les tuer avant de partir, très peu de personnes auront ensuite le droit de m'approcher, papa, maman, avec leurs cœurs énormes et leurs câlins, Olivier parce qu'il me fait du bien, Marie pour me comprendre, Thierry pour me tendre la main, Manon pour me rappeler le bonheur, Pascale même si tu crois qu'on se monte la tête toutes les deux, c'est pas vrai, c'est autre chose, Daniel parce qu'il m'a appris qu'on ne possède que ce que l'on donne, Laure parce qu'elle m'a dit je t'aime un jour au téléphone, Delphine, Catherine, Mauricette et Thotho. Après eux personne. Pas un de plus, pas un fouille-merde, un allié des deux côtés, un qui a connu tes vies antérieures, qui croit savoir mais ne sait rien. Je veux que tu me trouves un tuteur, avant, un homme bien à qui me confier, avec lequel j'irai pour t'obéir, et je boufferai ma raie, sûre que d'en haut le spectacle ne te fera pas mal mais te gardera l'âme en paix.

Je n'y crois pas. Je ne crois pas que tu puisses me confier à un homme, cette générosité-là n'est pas en toi, ni en moi d'ailleurs. Je ne crois pas que tu puisses partir sans moi, c'est trop tôt, trop violent, et maintenant je pleure en écrivant, alors je vais aller prendre mon bain, plonger ma tête sous l'eau, et me rappeler le repêchage du gros ours sur une falaise, hier soir, à la télévision. Je vais penser à des choses lisses, au blanc d'émail, au savon, à la brosse et au gant. Après je sortirai, je marcherai et j'inventerai la suite pour nous, tu peux pas, tu peux pas je te dis, ça ne fait pas partie des choses envisageables. Si je me tue, pense au mal que je vais faire autour de moi, alors tiens le coup, je ne sais pas moi, pour mes parents. Ça suffit maintenant, oublie la reine Claude. Le jour où on t'ouvrira le crâne, on ne saura même plus pourquoi on a fait ça, on ne trouvera que de la cervelle je te dis, de la bonne grosse cervelle et du cartilage.

Toutes, je dis bien toutes les histoires que j'ai vécues avant la nôtre étaient de la merde. Quelque chose d'inouï en qualité de merde, ennuyeuses, sales, étrangères, niaises, fausses, bourgeoises, alambiquées. On ne va pas m'enlever notre histoire, ou si on le fait, je vais tuer, le chantage commence. Ces pauvres cons qui m'ont roulé dessus, je les tuerai un à un, si tu pars. Pour te venger, parce que je sais que ça te fait souffrir de savoir qu'il y en a eu d'autres, avant toi, qui m'ont fait des promesses, des caresses, et m'ont dit des mots doux. Pour te venger du mal au cœur que tu as sans doute éprouvé parfois, au début, en entrant dans mon lit et pensant à avant, à ces culs vérolés posés là avant le tien, tout lisse et beau, lui, au moins. En les imaginant, ces hommes, installés dans le salon, touchant à mes disques, à mes livres, se servant un verre, buvant mon café. C'est affreux à vivre, je le sais bien.

Ce jour où tu m'as emmenée chez toi pour me montrer ta chambre et me prouver qu'il n'y avait rien à craindre dans cette maison de famille, j'ai vécu moi aussi l'horreur, le dégoût, devant ces assiettes et ces coquetiers, cette table et ce pot de rillettes entamé par qui, et ce jambon, chaque objet, inconnu, sans vie, en bois, en carrelage, une maison ennemie comme il y en a peu, avec assez de vitres donnant sur la rue pour qu'à loisir, promenant le chien, j'inspecte les pièces, une à une, vautrée dans la terreur infâme de ce qui a pu se dérouler là, en dehors de toi dans mes fesses sur une couette à fond bleu.

C'est difficile de vivre à deux, de fabriquer, de mettre les pierres comme tu dis, alors je n'aurai pas le vice de défaire mais je ne peux pas non plus envisager de continuer à vivre en rêve, comme si tu allais rentrer de voyage. Ou bien au contraire, pourquoi ne pourrais-je pas? Décorer ma maison avec toutes nos photos, écouter ta voix, vaporiser ton parfum, sortir tes habits, les nettoyer, les ranger, porter ta montre, ton cartable, tes boules Quies en boucles d'oreilles. Je pourrais me rouler dans toi, sans cesse, ne jamais sentir que c'est vide, ne pas connaître le nom de ton cimetière. Je pourrais faire à dîner pour deux, c'est pour combien, dit le boucher, pour deux, et le charcutier, pour deux, et le primeur, une grosse laitue pour deux bons mangeurs. Et le tout en souriant, proprette, bien vêtue, les ongles impeccables, pour faire enrager les mères de famille autour, avec leur petit mari rasoir et les enfants qui braillent. Je deviendrai l'emblème du bonheur au marché, ça fait du bien de voir une jeune femme si épanouie, l'amour rend gracieux, vous ne trouvez pas, madame? Ouais, répondra la dame au vendeur de crevettes, ouais mais quand on travaille, on a moins le temps de s'arranger pour aller aux commerces.

À table, je mettrai les jolis verres et puis je te raconterai. J'ai lu *Un enfant sage* et j'ai trouvé ça beau. Mange un peu quand même, c'est moi qui prends tout. Tu ne voudrais pas qu'on déménage ? Vers la Seine ? Je voudrais habiter près de la Seine, dans ces petites rues tu sais, d'une autre époque. On aurait un bateau, tu imagines ? Ce serait bien, on le prendrait pour nous déplacer dans Paris, on le choisirait à rames pour me faire un peu de muscles. Tu as du courrier au fait, je l'ai posé dans l'entrée. Je n'arrive plus à remettre la main sur la lettre dont je t'ai parlé, c'est fou. Je range pourtant. Hein ? C'est pas désordonné chez nous au moins ? À part les chaussures dans l'entrée, tu trouves que ça va ? Je sais bien que tu n'aimes pas les chaussures dans l'entrée, la laisse et le torchon, mais je n'ai jamais le courage de les ranger, je ne sais pas pourquoi. Alors ça traîne un peu, je te l'accorde. J'ai fait un cake, comme à Ouessant. Tu en veux ?

Il y a quelque chose que je voudrais te dire à propos d'un mensonge. Ou deux.

Je n'ai jamais eu l'impression d'être partagée, et si je m'en plaignais, c'était pour t'emmerder. Et puis le plus beau weekend de ma vie n'est pas, comme je te l'ai dit un soir de colère, celui où tu n'étais pas là. C'est celui qui dure depuis seize mois.

Je suis fatiguée, on va se coucher, viens. Je débarrasserai demain, laisse.

Ton aumônier t'a appelé et tu dis qu'il sait pour la reine Claude. Tu dis qu'il n'appelle jamais d'habitude, alors ça t'ennuie, alors ça suffit. Pourquoi, comment aurait-il vu un truc que je cherche depuis maintenant quarante jours, sous la forme d'une lueur, d'une bosse ou d'un creux, en une seule entrevue où ta voix s'est brisée. Ça n'a rien à voir, tu as une bronchite, personne n'a repéré le reste, je suis la seule à savoir et j'y tiens finalement, j'y tiens. C'est notre secret.

Le nouveau secret, c'est que j'ai rêvé de la petite fille que tu m'as demandée, pour la première fois de ma vie. J'avais toujours rêvé à des garçons avant. Quatre fils. Mais je comprends que tu veuilles une fille et je crois savoir pourquoi. Notre petite fille va devoir évincer la reine Claude, ce n'est pas simple pour elle de naître avec ce devoir à accomplir, elle n'a pas le choix, Rigoletta, on le lui demande trop fort, on lui donne la vie si elle empêche ta mort, je la nourris si elle te sauve.

Rigoletta serait-elle déjà là si on faisait tout comme on le dit, au moment où on le propose, sans penser à après, sans trop penser à elle ?

Rigoletta, toi et moi, nous apprendrions à nous connaître. Au début ce serait difficile, le tambour dans ta tête et ses petits cris de naissance, il faut comprendre l'horreur que ça va être pour elle de voir toute cette lumière, toutes ces gueules après neuf mois passés cachée. Je lui apprendrai à être une vraie fée, elle n'aura pas tous les travers des enfants que je n'aime pas. J'ai retrouvé des mots écrits sur les enfants, j'avais tellement peur d'eux ces derniers temps, avant que la reine Claude ne s'installe, parce que maintenant, c'est différent, j'ai moins envie de rire.

Tout est là. Ce n'est pas envisageable, pour moi, de cirer le soulier quand le Père Noël doit descendre, d'admirer la quenotte jusqu'à ce qu'une souris passe, de barboter dans le bain, de faire des bulles de savon et des guili-guili, de recevoir de la neige dans le cou parce que c'est drôle. C'est insupportable de faire un beau gâteau pour ton anniversaire, d'expliquer ton dessin aux invités conquis, de préparer tes rêves, de raconter des histoires. Où pêcher la patience pour te border encore, inspecter sous le lit…

C'est si différent de mon plaisir d'expliquer pourquoi, de faire des puzzles, de raconter *Sans famille*, Cosette, Bambi, la fée, de me pâmer parce que tu as du vocabulaire. Tu as fait pipi sur le pot et popo aux cabinets, tu dis *Thank you* couramment, tu as marché à treize mois et tu me diras merde à treize ans.

Comme tous les autres enfants, je ne te trouverai pas sage, tu geindras dans ta poussette. Tu hurleras pour quitter ton parc, tu coinceras ta tête entre les barreaux. Tu ne diras jamais assez merci, ni s'il te plaît, ou bien tu ne demanderas pas pardon, tu diras du mal des passants gros, tu riras de la main tendue d'un clochard, je te giflerai, tu ennuieras les petits chatons, tu tortureras un poisson rouge, tu copieras sur ton voisin. Tu réclameras un nouveau jouet quand tu auras achevé le vieux chien. Pour une sortie, je deviendrai maman accompagnatrice, j'emmènerai ta classe au zoo, la responsable de niveau m'expliquera durant les vingt-trois stations de métro, espérant qu'on se revoie après et qu'on aille plus avant dans notre collaboration, l'intérêt du carnet de correspondance. Grâce à elle, je comprendrai en quoi il est si important de signer les fautes que tu auras commises à l'école : lisant *Votre fille n'avait pas son cahier de travaux pratiques*, je m'étoufferai, taperai du pied, claquerai de la langue, tu rentreras ta tête dans les épaules : *Comment ? Tu n'avais pas ton cahier de travaux pratiques ?* Je m'insurgerai. *Et où était-il, s'il te plaît, ton cahier de travaux pratiques ?* Et j'apposerai ma signature, énorme, énervée, innervée de jets d'encre pour te montrer mon dépit, mon désespoir, ma honte devant l'oubli de ton *cayet* de travaux pratiques. Je prendrai l'habitude de contresigner tes lacunes dans un râle, et chaque fois ta tête rentrera un peu plus. Un jour, j'écrirai à mon tour à la maîtresse et tu lui feras signer : *Ma fille est bossue*. Avec le ton d'un singe savant, tu réciteras des poèmes inventés par Maurice Carême. Afin que cela cesse, j'implorerai ton institutrice de te mettre zéro en récitation. Tu auras une Barbie en plastique.

Tu seras toute petite et grassouillette, puis un peu grande, puis trop maigre et mangée de boutons, tu me traiteras de niaise si je te dissuade de faire esquimau deuxième langue, pour te venger tu fumeras des cigarettes et tu auras une haleine de chacal. Je m'écouterai te conter combien est bonne la macédoine de légumes petits pois-carottes, et indispensable le filet de porc au jus/choux de Bruxelles, et compterai avec toi le nombre de petits enfants qui apprécieraient, eux, leur Samos ail et fines herbes de la cantine. Je m'entendrai te demander pourquoi tu rentres à dix-sept heures cinq, tu me jureras que le professeur de physique a débordé. Je te répondrai que « déborder » ne se dit pas de quelqu'un, puis te démontrerai le contraire en débordant de moi-même. Tu marmonneras. Je te prierai d'avoir la correction d'arrêter de marmonner. Tu seras fière de rentrer du collège, la clé de la maison pendue autour du cou, le frottement du cordon irritant ton acné, tu carillonneras à la porte pour annoncer ton retour comme s'il s'agissait d'une victoire, tu voudras une Mobylette, un anneau sur la glotte, un tatouage sur le bras, puis des cuissardes en Skaï. Tu feras successivement collection de timbres, de parfums miniatures, de faux objets estampillés FBI, de sacs en lézard, d'expressions appartenant à d'autres. Tu voudras être chanteuse. Puis neurochirurgienne. Puis plutôt *exercer dans l'humanitaire ou alors productrice de films.* Je ne serai pas émue si tu veux être infirmière ou G.I., et je serai déçue quand tu étudieras pour devenir journaliste, comptable, avocate. Tu as déjà existé un milliard de fois sur la planète. Tu n'auras aucune utilité, tu n'apporteras ni nouveauté, ni bouleversement, ni plaisir, sauf peut-être à quelques hommes qui répondront à tes étreintes le temps d'en trouver de meilleures.

Tu ne m'intéresses pas. Je n'ai jamais pu aimer les êtres dont je sais qu'ils vont m'aimer moins que je les aime. Ne rêve jamais à une mère complice, ne t'épuise pas en futilités de ce type, garde tes forces pour d'autres rêves, bien que j'aie forgé à ce sujet ma théorie que je te livre, moins en secret qu'en héritage : la petite souris n'existe pas, il n'y a personne dans les placards, la barbe blanche habillée en rouge est ton père. Son costume est disponible dans les magasins de farces et attrapes.

Si tu ne manges pas ta soupe, tu grandiras quand même. Si j'ai un bleu au coin de la bouche, ce n'est pas parce que *Maman est distraite et n'a pas vu la porte*, c'est parce que ton père m'a mordue pendant qu'il me baisait. D'ailleurs, si je t'apprends à frapper, ce n'est pas pour t'inculquer les bonnes manières, c'est pour que tu ne voies pas quand on s'envoie en l'air. Ça m'appartient.

L'avion n'est pas un grand oiseau ni la voiture une petite maison à roues. Si tu avales un noyau de cerise, un arbre ne poussera pas dans ton ventre, des branches ne jailliront ni de tes oreilles ni de tes narines ni de ta bouche. Si dans la rue quelqu'un te demande l'heure, c'est pour te violer, te voler ou te séquestrer. Si je te mets à la danse le mercredi, ce n'est pas pour faire de toi une étoile mais pour être un peu seule. Si, dès que tu as assez de dents pour avaler de la *jelly*, j'opte pour un séjour annuel en Angleterre, ce n'est pas parce que les langues sont un passeport pour la vie actuelle, c'est pour pouvoir vivre sans toi, avec ton papa, comme avant.

Les jours de départ, nous louerons une voiture, ton papa ne saura pas faire marcher l'autoradio et me demandera de me débrouiller pour lui trouver sa fréquence en quinze secondes. Je m'évertuerai à comprendre le fonctionnement des boutons, il te dira *C'est pas une manuelle ta mère, hein?* en trouvant ça drôle. Je serai triste, surtout quand de la hauteur de ton tout petit cerveau tu répéteras, perroquet, *Ah non c'est pas une manuelle*. Ma main, tu l'auras dans la gueule, tu sais ta petite gueule de perruche. Quant à lui, il ne faudra pas qu'il s'étonne que je n'aie plus envie de la lui mettre, ma main, entre les jambes.

Ensuite, comme il sera un peu tard, tu commenceras à bouder, tu auras faim, puis à peine assise devant ton plat au restaurant, tu éprouveras l'envie de dormir, tu regarderas ta sole à cent balles comme si on t'avait obligée à la choisir, ton père voyant cela, gourmandera le service bien trop lent, qui empêche sa chair d'aller dormir à son rythme. J'avalerai mon poulet de travers, vite vite pour ne pas t'empêcher d'aller faire ton dodo joli.

J'éprouverai l'envie de vous planter là, ensemble, avec vos gueules. Ce n'est pas ma faute s'il y a eu du monde sur la route, si ton père a loupé la sortie. Pendant qu'il enrageait d'avoir une copilote lamentable ne l'assistant jamais pour les choix de bretelles, pendant qu'il bougonnait je ne sais quoi parce qu'il n'y avait plus de café serré à la station-service, je dégotais pour sa fille un torchon similaire au doudou qu'elle avait oublié à l'école afin d'adoucir le drame.

Et puis il y a toutes ces futilités du quotidien, ces parenthèses mécaniques auxquelles nul ne porte attention. Par exemple, c'est tout bête, mais dans un taxi, tu es prise en charge en tant que bagage, personne supplémentaire, ou animal de compagnie ?

Appareil dentaire, lunettes, cagoule, nez coulant, duvet prépubère, encre sur les ongles, crasse dessous, scoliose et pieds plats, amygdales boursouflées, rire imbécile : la bête du Gévaudan. Donc animal sauvage, et le chauffeur ne prend pas. Ou animal tout court si je te tiens dans mes bras ou dans un panier, donc un euro de supplément. Et j'ai pas un euro.

Oui j'ai écrit ça, et maintenant je me damne en me disant qu'au lieu de prendre du temps à me moquer, à railler, à briser, il aurait mieux valu fabriquer Rigoletta pour te sauver. Je t'aime, je t'aime au point de désirer désormais qu'une petite fille t'aime aussi et que tu l'aimes à ton tour. Je t'aime au point que j'accepte de devenir un peu plus grande, mais juste ce qu'il faut, et de prêter mes affaires en peluche. Je t'aime au point de trouver ça beau de la voir dans tes bras, ou couchée entre nous, et Dieu sait qu'elle est difficile cette image. Je t'aime au point de la laisser te dire que tu es son petit papa chéri pour la vie, je t'aime comme une malade, et je me jette à genoux, je peux ramper si elle veut, mais je lui demande de nous laisser tranquilles, tous les trois, à la reine Claude.

Quand j'ouvre les yeux le matin, je te vois, et à cet instant tu ouvres les tiens, et tes bras aussi. Tu ouvres tes bras pour rattraper cette nuit où on s'est décollés pour dormir mieux, et je m'y installe, on referme les yeux. Après ça n'a pas d'importance, parce que je sais que tu vas travailler, mais ce soir, quand tu rentreras, on se remettra comme ça, dessus dessous, on fera l'amour tout le temps comme on a toujours fait. Je sais que tu as peur, que va-t-il arriver, on en est au début, on en est au secret, mais quand les gens sauront ? Prendront-ils notre malheur, à toi et à moi, j'ai dit toi et moi, pour le leur ? Quelqu'un osera-t-il prendre ton mal comme preuve de votre amitié, dire qu'il te connaît bien et qu'il est dans le secret depuis longtemps.

Et parmi les jalouses, y en aura-t-il d'assez violentes pour venir me parler s'il se passait quelque chose, pour venir me dire qu'elles ont des enfants de toi, des lettres ou des souvenirs ? Y en aura-t-il au premier rang, là, pour dire qu'elles te connaissent bien, et qu'elles en savent, des choses sur moi. Y en aura-t-il qui plongeront ma tête sous l'eau et me finiront à coups de poing ?

Oh oui il y en aura, je les connais si bien ces jalouses, vexées d'avoir juste pris un coup, et qui n'ont plus que le mensonge pour devenir autre chose que des trous.

Je sais qu'avant moi, tu n'as connu personne, parce que ça ne t'intéressait pas de t'intéresser à quelqu'un entièrement, tu étais fou de l'amour, tu l'inventais puis tu le trouvais bien moche. Quand je t'ai dit que c'était fini pour nous à cause des gens, tu m'as écrit une lettre superbe, c'était l'histoire de toi, *«un type qui aimait passionnément la fille, qui voulait s'en occuper comme un mentor et qui l'avait dans la peau. À en crever. Aujourd'hui il est malade, pour de vrai, malade du cerveau parce que toutes* les nuits ça roule dans sa tête comme un tambour de machine à laver, malade dans les tripes, parce que ça serre, ça gargouille, malade du cœur parce que ça cogne si fort que ça le réveille toutes les minutes. Lui, quand il la regarde, il ne la juge pas mal, il l'aime comme elle est, elle n'a pas de défauts, juste celui d'être elle-même, avec ses fantômes et ses obsessions, et c'est déjà assez comme ça. I miss you. Ce qu'il y a de bien avec l'anglais, je te l'ai dit un jour, c'est qu'on peut croire un instant qu'on manque à l'autre ».

Florence est là et voilà qu'on a l'impression qu'elle est truffée de malades qui ne le disent pas. On en voit partout et on diagnostique, dedans, dehors, maladie d'os, de peau ou de cerveau.

Les gens ne remarqueront rien, mais moi, je sens que tu refroidis. Alors tu prends des bains brûlants dans lesquels je peux à peine tremper un pied. Je me force, je te rejoins. On mousse ensemble avant un dîner de bienfaisance. Et nous, on les a là, je sais que ça ne se dit pas, mais on les a quand même, parce qu'on en a assez des artistes qui se gaussent en robe longue et smoking, de bénévoler entre eux. Nous, on est cancéreux, et on se serre les coudes au fond de notre eau chaude. Tu me dis de regarder par la fenêtre et tu ajoutes que plus tard, je raconterai à mes petits-enfants que j'ai été dans un très bel hôtel avec l'homme que j'aimais. Ils te diront Oh Mamie, c'était qui? et tu leur expliqueras... Et je t'interromps. Je te signale en te savonnant le poil que mes petits-enfants seront aussi les tiens. Et tu dis *Arrête bébé, tu sais bien que je suis en fin de course*. Arrêtons. Tu as raison. Il est temps de s'habiller pour rejoindre les sauvages.

Ton smoking, ma robe blanche, et la reine Claude qui n'a toujours pas trouvé son châtelain s'avancent vers la table du dîner. Tu inverses les étiquettes pour qu'on soit assis à côté. C'est devenu insupportable qu'on nous sépare. Ça n'avait déjà aucun sens avant, de lier connaissance avec deux hommes qui n'étaient pas toi, en te contemplant à trois mètres de là, te donner tant de mal pour deux femmes qui n'étaient pas moi; tout ça pour en fin de soirée nous confier nos impressions sur les quatre maudits empêcheurs, la larme à l'œil pour tout ce temps perdu, et emplis de pitié pour ces gens que ça ne gêne pas de se ranger au plus loin de leur amour si l'usage le demande.

Mais maintenant, maintenant il n'est plus question de s'abîmer pour l'étiquette. Je mets ma main à couper que la gueuse qui a inventé ces convenances était une femme, il n'y a qu'elles pour être si vicelardes. Elle n'avait pas d'amour. D'ailleurs c'était une reine, appelée Claude, elle avait un prénom androgyne à cause de sa moustache, et le seul dessein de sa vie était de séparer les amants.

Et j'ai quitté Florence pour rejoindre Bordeaux car demain on célèbre le baptême de Manon.

Je pars en vrille. Tu restes à Florence encore un jour et tu viens de me déposer à l'aéroport. Parfois je bénis la reine Claude. Avant elle, je ne sais pas si tu aurais fait ça, devant des importants, devant tout le monde, te lever au milieu d'un déjeuner pour ne pas me laisser rentrer seule.

Je pars en vrille parce que j'ai peur d'aller dans les toilettes de l'avion. Derrière le rideau des hôtesses, je crois qu'elle vient de passer. Elle a souri. Il lui manquait toutes ses dents, et elle a écarté le rideau pour me montrer le filet de sang courant le long de sa jambe. Il est possible qu'elle ait ressuscité. Je vais tenter de la rejoindre et de pactiser mais un peu plus tard. Pour le moment j'ai froid, un producteur de cinéma vient de demander qu'on refroidisse l'avion. À présent, il est à dix-sept, a dit le steward ravi. Moi, je suis à moins quelque chose, parce que je viens de m'extraire de tes bras pour aller vers Bordeaux, et que j'aurais tout donné pour que le taxi se renverse, pour en finir avec cet ascenseur, et ton regard douloureux, et ta peur, et la mienne.

Je vais fermer les yeux et penser à demain, quand après le baptême nous nous retrouverons. Je prierai pour toi, je serrerai Manon dans mes bras, aussi fort que la fée. Les petits ont des pouvoirs. Lorsqu'on mouillera son front, je lui demanderai de penser très fort au tien, sous lequel tient bon la sale reine.

Je chiale comme une Madeleine sur mon siège d'avion, il n'y a personne à côté, forcément, ça n'aide pas ce fauteuil vide, avec sa petite ceinture repliée sur elle-même, croisée autour de rien, comme deux couverts au milieu d'une assiette qu'on va débarrasser puisque personne ne vient.

Le steward m'a souri en demandant Ça va? J'ai dit oui en plongeant mon regard dans ses billes bleu azur. Et ça coule, ça recoule alors que c'était un peu passé. J'ai pourtant dit qu'on ne devait pas demander de mes nouvelles. Je vais porter une pancarte. Ne posez pas votre main sur mon bras, ne caressez pas ma joue, fuyez mon regard, ne dites pas C'est vrai? Tu es sûre? Tout va bien? après l'avoir déjà demandé une fois. Ne cherchez pas à me convaincre qu'il va guérir, et ne me préparez pas non plus à sa mort. Ne me violentez plus. Laissez-moi. Ne me serrez pas dans vos bras. Laissez-moi refroidir. Laissez-moi dans ses bras. Il n'aime pas qu'on m'approche.

Je voudrais tant raconter des choses plus drôles que la progression d'une silhouette sans dents, au rouge qui dégouline. Mais ce qui me vient à l'esprit pour changer, c'est une voisine racontant la mort lente de son époux. Elle m'a confié sa peine à le voir tant souffrir malgré la morphine. On lui coupe les doigts de pied les uns après les autres. Elle dit qu'elle a perdu son premier mari en un jour et que c'était moins dur. Je suis dubitative. Je pense autrement. Je suis pour te garder encore, même branché, alimenté, je vote pour qu'on te branche à la maison, dans notre lit. Je suis pour dormir à côté de toi et faire toutes ces choses. Je suis pour permettre à Luca de venir te lécher la main le matin, même si tu as horreur de ça, de toute façon tu dormiras.

Je suis pour qu'on ne te débranche pas, je suis pour aller contre ta volonté, je suis pour ton entier amoindrissement, tu seras diminué et j'en redemanderai. Je me fiche de ton enfermement. Si vraiment ça te démange, je fixerai des roulettes au lit et je t'emmènerai courir au bois. L'essentiel, c'est qu'il n'y ait pas de pourrissement, que tu te réveilles, même si ce n'est pas souvent, juste le temps de voir que je veille, le temps qu'on fabrique un autre enfant, qu'on discute un moment. Après, tu pourras dormir de nouveau. Avec les enfants, on se postera à ton chevet. Tu entendras des rires de fille. Tu feras semblant de dormir cette fois, pour écouter ce qu'elles peuvent bien se raconter les bonnes femmes.

Je les éduquerai, j'en ferai des femmes comme je les aime, amoureuses, soumises, drôles, effacées, gentilles, belles, sensibles, peintres ou danseuses étoiles. Quelque chose me dit qu'avec les histoires que je vais leur raconter, nous n'aurons pas de filles femmes d'affaires, ni femmes du monde, ni rien de tout ça.

Des fées, ce ne seront que des fées. Tous les gars vont tomber. Et ça va te réveiller. Dans quinze ou vingt ans, tu te lèveras pour leur péter la gueule, pas vraiment pour les défendre, juste parce qu'un jeune homme aura dit à l'une de nos filles que sa mère, elle est bonne. Alors là, tu jailliras du lit et tu lui en mettras une. Puis tu me diras, comme tu le fais depuis l'hôpital, tu me diras *Dis donc, c'est pourtant vrai que tu es une bonne, toi. Viens par là que je te mette un coup.*

Et le long de ma cuisse coulera un filet de sang, j'aurai toujours vingt-six ans.

C'est bon de rêver. Je me demande si je vais pouvoir encore, après. Là c'est de la rigolade, tu vis, tu bats pas loin. Bordeaux-ton cœur, ce n'est pas fragile comme distance, mais déjà ça se déglingue. Je m'ordonne d'arrêter de me faire mal, comme si tu étais mort, alors que ça ne veut rien dire, mais tellement rien de t'enterrer vivant, de ne pas saisir la main que tu tends pendant que ton corps s'enlise un peu. Je te marche sur la tête ou quoi ? Tu n'as rien et j'invente, j'aggrave, comme une vieille peau qui s'ennuie et n'a rien d'autre à se mettre sous la dent. Tu vas bien mon Amour.

Allez ma vieille, tu vois quand tu veux. Tu arrives encore à rire pour des bêtises. L'hôtesse de l'air te demande si tu préfères *des éléments sucrés ou salés*. On lui a appris. Elles disent toutes ça maintenant. Du salé? Du sucré? C'est non. Elles n'ont pas le droit. Ni je vous sers des cacahuètes ou des gâteaux? Alors l'hôtesse est là, avec ses éléments. Et moi je voudrais un élément neutre, ni salé, ni sucré. Quelque chose comme de la farine. Vous auriez?

En anglais, elle dit Do you want nuts or *biskits* sir? Elle dit *biskits* comme jamais je n'espère pouvoir le dire un jour. J'apprends à le dire mieux, je répète *biskit* et élément. Quand on fera un dîner chez nous avec les gens de ton bureau, je leur proposerai des éléments, pareil. J'arriverai au volant de ma table roulante et je leur ferai une démonstration de mon multilinguisme.

Je suis contente, parce que je sais qu'elle te fait rire ma page quatre-vingt-sept. Tu adores quand je te parle des gens de ton bureau. Tu sais, quand je te dis que je vais m'installer au sixième, dans le bureau au-dessus du tien, pour te descendre par un treuil extérieur ton goûter du matin. Dans mon grand bureau, en attendant le jour suivant, je serai en culotte, je rangerai mes attaches parisiennes et mes trombones, je ferai ma petite vie quoi.

Et puis ça te plaît aussi, quand j'imite les hôtesses de l'accueil et leur démarche chaloupée en striures arc-en-ciel, fières comme si elles avaient elles-mêmes bâti l'immeuble, et leur air catastrophé quand on n'a pas de pièce d'identité à leur tendre. Ah oui mais non. Et alors elles se battent entre elles, il faut une pièce d'identité sinon ça leur fiche tout par terre, c'est la terre qui s'écroule et leur cerveau qui pète. Des guerres s'enclenchent, je vide mon sac, non, désolée, rien, et je me marre parce qu'elles ne soupçonnent pas le nombre de gens habités par des corps étrangers qu'elles laissent passer le matin parce qu'ils sont bien badgés.

On dirait que je me moque mais non, ça, jamais. J'ai fait le même travail, mais je crois que je l'ai fait sans rancœur, pas comme celle, par exemple, qui chaque fois que j'arrive me lance Vous êtes déjà venue ce matin, c'est ça ? Je réponds non. Et elle me dit Ah bon ? C'est fou ce qu'elle vous ressemblait, excusez-moi.

Alors ma vieille, pour ta gouverne, je baise le grand chef et si ça faisait partie de tes rêves, c'est trop tard. Maintenant je monte et tu vas à la niche, ou j'appelle mon Amour et il va te faire bouffer des éléments salés, jusqu'à en faire exploser ton élément-tailleur.

Je suis dans le train, de retour de Bordeaux. Tu reviens de Florence. Une nuit passée sans toi à envisager, encore, ce que ça pourrait être si c'était tout le temps. C'est-à-dire que ça ne se peut pas. J'ai regardé la télévision, j'ai éteint et me suis allongée sur le ventre, une épingle à cheveux sous les côtes et je n'ai plus pensé qu'à ça, me blesser les côtes, me sentir princesse au petit pois, fragile, presque demeurée de fragilité, tout en cristal.

Je m'en fichais pas mal que tu puisses te trouver dans une fête, à poursuivre la vie sans moi. Tu m'appelais pour me dire que c'était moche. Pas un instant je n'ai craint une autre femme, l'idée que cela ait pu arriver auparavant m'a fait sourire.

Ce matin, vaseuse comme tout avec l'empreinte de l'épingle sous le sein gauche, je suis devenue marraine comme j'ai pu. On m'a posé des questions, pas sur toi, les gens savent qui est mon amour mais les polis restent discrets. Alors on m'a demandé si ça allait, si j'étais heureuse, et j'avais cette putain de buée, je ne veux pas dire voilant, c'est dommage comme image, mais je n'ai que ça. Je vois trouble, je ne sais pas le dire autrement.

J'ai beaucoup pensé à Rigoletta. Maintenant que je l'ai promise, il va falloir la faire. Elle me fait un peu peur cette naissance-là. Il faut me comprendre, si tu partais avant, est-ce que. Est-ce que j'aurais la force. Est-ce que j'aurais envie. Est-ce qu'on viendrait m'écrabouiller, raconter des histoires sans que je ne demande rien. Est-ce que j'aurai le courage de la défendre si on lui dit que son papa, c'est pas vrai, c'est pas toi, et que sa maman a menti. Est-ce que c'est possible de continuer sans toi sous prétexte qu'elle est là. Est-ce que je vais devoir lâcher ta main pour attraper la sienne.

Je pense à ça, à ce que je lui raconterai sur son papa, pour qu'elle ne connaisse que l'image que j'ai de toi et pas celle des autres sur laquelle je m'assois.

Tout à l'heure, je me suis retrouvée assise au bout du bureau de ta secrétaire. J'étais passée, tu étais en rendez-vous, j'ai voulu repartir mais elle m'en a empêchée, elle a dit que si je partais sans qu'elle t'ait prévenu de ma présence, elle se ferait... Et elle a souri, et elle t'a contacté, en disant que c'était urgent. Je suis urgente pour cette fille-là, et si elle savait à quel point les choses urgent en ce moment, quand à tout instant le résultat de tes prélèvements peut tomber. Je ne m'attends pas à ce qu'on nous dise qu'il y a eu une erreur de diagnostic, mais peut-être deux tumeurs très bien concentrées, avec aucun machin rayonnant autour.

J'étais à côté d'elle, et je la regardais s'affairer pour toi, et j'avais envie de pleurer, de lui dire stop, arrêtez tout, ça ne sert à rien, c'est avec sa vie qu'il faut prendre rendez-vous, empêchez les cons. Remplissez les pages de mon nom, le reste n'a plus d'importance, laissez-le m'aimer davantage.

Je l'ai trouvée belle, je ne peux pas t'expliquer, belle de gentillesse pour moi, comme si elle savait, en me proposant son thé et son café, que j'étais urgente à réchauffer.

Et puis tu es remonté, et j'ai senti que tu avais de la fièvre. Tu m'as montré ton nouveau cartable, et bien que je n'aime pas ce bureau si étranger, je me suis sentie bien. J'ai éludé les murs, je n'ai regardé que toi. J'allais si bien que j'ai même pensé Salaud, dire que tu te plains qu'il n'y ait jamais assez de photos de toi chez nous. Je suis où, moi, sur les murs, le bureau ? Ne dis pas que je suis dans ton cœur ou je t'en mets une.

Je suis ressortie et tu m'as dit À tout de suite.

Tout de suite, c'est ce soir, c'est bientôt, on tourne en rond, on va finir débiles à force de se dire qu'on s'aime. Si seulement on avait le temps, on s'engueulerait un peu, on se giflerait, on fouillerait dans les affaires de l'autre, on espionnerait ses coups de fil, on traquerait, on se fabriquerait plein de cancers, mais on n'a plus le temps mon Amour, on a juste le temps de s'aimer. Encore ? Toujours.

Le week-end prochain, j'ai décidé de te laisser partir seul avec tes fils. Il y a une raison. Alors je dis aux badauds Voilà. Voilà ce que vous avez fait. Il nous reste peu de temps à vivre mais je ne viendrai pas cette fois, afin de vous laisser la place, que vous puissiez noircir vos cahiers d'autographes, vous qui avez un cerveau si petit si petit que hélas jamais ne s'y installera la reine Claude. Je porterais un couteau sur moi, ce serait une boucherie de ventrons éclatés, de cahiers lacérés, d'yeux percés, de gorges ouvertes. Je ne vous souhaite rien, même plus de vous repentir du mal que vous avez fait, nous empêcher de nous promener, de nous embrasser, de regarder le paysage, vous le gâchez, agglutinés autour, mouches voletant autour d'un tas de merde, tas de merde que vous avez fait de nous, quand dans la rue, le plus discret, je dis bien le plus discret d'entre vous, se contente de chuchoter fort un *dis donc, tu as vu qui c'est ?*

Tu me dis de venir, que nous nous promènerons sur la plage et que nous n'irons pas nous frotter aux gens, et je refuse, je refuse parce qu'il y aura ces demeurés à l'entrée de l'hôtel, les demeurés à objectifs et les demeurés badauds. Et là je sais que je peux tuer, maintenant c'est bon. J'ai les images. Tu dis que si c'est comme ça, tu ne vas pas partir, et j'insiste, pars avec tes petits garçons, mais fais quand même attention, parce qu'ils commencent sérieusement à rentrer leur tête dans leurs épaules quand ils croisent tous ces excréments qui les appellent par leur prénom et leur demandent des bisous. Trois ans, c'est jeune pour avoir l'œil fuyant, le regard sous le trottoir, la bouche tordue, parce que c'est trop, et le cœur qui bat parce qu'ils savent que tu vas te fâcher, après, pas sur le moment, sur le moment tu vas les signer leurs cahiers de merde, mais après tu te rendras compte de notre état, enfin du leur, et tu en voudras aux gens, alors un rien t'exaspérera.

Donc je ne viens pas mon Amour, et tu insistes encore, tu dis qu'on pourrait aller ailleurs mais il y a aussi que je préfère lorsqu'on est tous les deux. Les enfants des autres ne me plaisent pas, je préfère parler de Rigoletta, de l'amour, faire l'amour sans attendre que tes deux petits trésors s'endorment dans le lit d'à côté. Je consentirai, pour Rigoletta, à patienter pour faire l'amour ou à parler de sujets qui ne m'intéressent pas, mais pas pour les enfants d'une autre. Ça sent trop bizarre. Je suis mieux là, à continuer le livre, à m'échapper de toi, à calculer les jours pour être sûre de bien la fabriquer, Rigoletta.

Tu es triste, tu as peur alors tu te demandes à haute voix si tu as le droit d'hypothéquer ma vie, de me parler de ce petit bébé alors que tes chances de vivre sont des plus incertaines. Tu te demandes si ça se fait, vieux machin qui pourrit, de m'imposer ça, à moi, qui n'ai que mes vingt-six ans à la bouche. Je réponds comme je peux, je n'ose même pas dire quoi. Enfin si, qu'on peut mourir d'un accident de voiture demain, s'ébouillanter avec l'huile d'une fondue, se faire faucher par un pot de fleurs, tomber par la fenêtre... De toute façon, je sais que tu ne me quitteras pas pour m'épargner, tu dis que tu n'as que moi, non, moi et tes petits garçons, pour supporter cette épreuve. Tu dis que si tu ne m'avais pas, tu aurais déjà tout arrêté. J'ajoute que si tu tiens à m'éloigner du royaume de la reine Claude, il va falloir être efficace, ne pas m'expliquer que tu préfères me protéger, mais au contraire tout saccager. Prendre une amante, dire du mal de moi, c'est-à-dire me faire habilement venir au dégoût. Mais même là, je n'y croirais pas, je sais ce qu'il y a entre nous.

On fera l'amour sur la table du studio, on renverra les autres invités du plateau et on fera l'amour, ce sera notre manière d'annoncer aux gens de ton bureau que tu vas partir, pour l'opération, mais que tu vas revenir très vite. Je n'ai peur de personne, je suis forte comme tout. Des fortes comme moi, tu n'en trouveras pas trente-six. Je pleure un peu, mais sinon j'assure. Bientôt on va faire du X tous les deux, et ça me remonte le moral. Les badauds en avaleront leurs cahiers de cons.

Dimanche, Belle est morte. Nous baptisions Manon et n'enterrions pas Belle. Elle mourait seule, sur la terre de la campagne, gentil quadrupède trouvé il y a seize ans dans un fossé, par Marie, mon Paki et moi. Belle est morte et elle va me manquer, parce qu'elle a connu Paki et Mamie justement. C'est un peu bête ce genre de raisonnement, mais voilà. Un chien qui a connu des gens morts est encore plus dur à quitter, alors que je le sais bien, Belle n'allait pas, un jour, me dire Tiens, au fait, parlons un peu de Paki et Mamie, nous qui les avons bien connus, mais c'est comme ça, je ne peux pas supporter que les chiens meurent.

J'annonce ça à Olivier et je crois que je le fais pleurer, et ça, je ne voulais pas, parce que depuis que je me suis mise à l'aimer ce frère-là, et ça fait bien quinze ans, avant il me taquinait trop, il ne faut pas qu'on y touche.

Et puis ce soir, quand tu es arrivé, je t'ai dit froidement Tiens, Belle est morte. Anodine la mort, rien à foutre, on va manger les tortellini que tu as rapportés de Florence et on s'en balance du chien qui meurt. On dîne au lit, tu es sûr que ta gorge qui ne se répare pas a quelque chose à voir avec la reine Claude. Je te rassure, en te disant qu'une bronchite non soignée fatigue et dure longtemps.

Je crois que tu meurs, ce soir. Après avoir mangé tes pâtes, tu fermes les yeux et me livres tes angoisses. C'est du brut, tu clignes des yeux mi-clos, tu dis que tu sens que tu n'en as plus pour long-temps, que ça vient. Je te secoue, arrête et prends des antibiotiques pour soigner tes poumons, ne fais pas n'importe quoi, et appelle ton médecin qu'on sache enfin le contenu de cette biopsie. Mais je sais bien que tu n'appelleras pas, tu attends qu'on t'écrive. Tu préfères ne pas savoir et continuer à travailler, avec la peur au ventre, parce que tu te sens à fleur d'eau, que tu as peur de perdre tes mots, parce qu'à certaines heures, c'est de la bouillie dans ta tête, aucune idée claire, du gagatisme précoce, tu as peur de dire un mauvais mot et cette peur t'épuise, tu crains de faire une chose folle, mais j'ai confiance mon Amour. À part me faire l'amour en direct, tu ne te donneras pas en spectacle, rien ne t'échappera, tu as le contrôle, celui de ta vie, celui de ta mort, et entre les deux, on va apprendre à s'occuper de ta maladie.

Marie est très forte. Hier, elle m'a parlé de Rigoletta, en me disant Ça suffit maintenant, d'accord c'est beau comme idée, mais ça va bien. Arrêtez de vous regarder le nombril, un enfant doit avoir un père, donc vous guérissez, et après vous le faites. Évidemment qu'il va guérir ton mec, me dit-elle, et après tu en feras quoi du petit bâtard ? Ça-te-fera-chier.

Je ne me suis jamais promenée sur une pente si savonneuse. On se parle comme s'il n'allait pas y avoir de prochaine fois, on se dit des mots sublimes. Parfois j'ai l'impression que l'on vient de sortir d'une immense douleur qui nous a rapprochés, j'oublie qu'on y plonge à peine, je ne comprends pas ce qui nous arrive, je ne comprends pas pourquoi je perdrais justement cet homme-là. J'aurais pu perdre les autres, avant, toutes ces merdes, mais non, c'est lui qu'on a décidé de m'enlever, parce que c'est mieux comme ça. Là-haut on doit préférer les histoires mornes.

C'est terrible de ne pas pouvoir parler aux gens : il est malade, donc je n'ai pas très envie de vous voir en ce moment. Je n'ai pas envie de vous parler, de vous écouter, je n'en ai rien à faire de la couleur de vos rideaux. Quand on me propose de déjeuner, j'invente, du travail, de la fièvre, un départ en province, et je promets de téléphoner, quand ça ira mieux, plus tard, et je ne rappelle pas. Je ne peux pas me retrouver devant quelqu'un qui va me parler de sa vie, me poser des questions sur nous, et raconter à l'issue du déjeuner que d'après l'humidité de mon sourire, ça ne doit pas aller bien fort entre nous. Il y a déjà une teigneuse qui s'est chargée de raconter que notre histoire était finie. Pauvre niaise. Alors les cons rappliquent pour m'inviter à des fêtes où ils vont pouvoir me choper. Je rigole. Les mecs, afin que ce soit bien clair, il n'y en a pas un parmi vous qui va me récupérer, vous êtes petits, vous ne lui arrivez pas à la cheville, vous êtes exactement médiocres.

Depuis ta minimort d'hier soir, je tombe, je viens de me rendre compte que l'angoisse éprouvée jusqu'à maintenant n'a rien à voir avec celle qui vient, celle où je comprends que je vais devoir faire sans toi, celle où j'encaisse que tu es moins fort que la reine Claude, toi qui t'es toujours battu contre tout, qui t'es sorti de tous tes drames. Elle te ronge, tu n'y crois plus, depuis que tu sais qu'elle est là, tu as baissé les bras, parce qu'il y a cette fatigue en toi, elle gagne, elle te prend, elle t'occupe entièrement. Sur le terrain miné, tu n'arrives plus à reculer, tu la laisses s'installer, et je ne sais pas par où commencer pour t'obliger à surnager. Je ne sais pas quel mot prendre puisque aucun ne semble t'apaiser, sauf l'amour, l'amour peut-être qui t'a sorti d'affaire, hier soir en tout cas. Ça t'a redonné des couleurs, de la voix, un regard autre que celui que tu fermais un peu et devant lequel plus rien ne passait. Quand on fait l'amour, j'espère te faire oublier la douleur et la peur. Je ne sais pas laquelle des deux est la plus violente, enfin des quatre. Est-ce la douleur de ta tête ou ta peur de mourir, est-ce ma douleur quand tu te retires ou ma peur d'avoir à rester.

J'ai commencé ma solitude. Tu es le
seul à l'interrompre et depuis ce matin
je ne peux plus leur parler. Je réponds
par oui, par non, efficace, désagréable,
j'ai peur de fondre si je rajoute un petit
peu d'âme. Je suis allée voir Thierry
pour qu'il soigne Luca, et je lui ai dit que
Belle était morte. J'ai dit Belle est morte,
et je n'ai pas pleuré du tout. Je lui ai fait
répéter dans quelle oreille je devais
mettre ses gouttes à mon chien et combien de fois et jusqu'à quand, j'ai tout
oublié, il a dit Ça va? Mais c'est parce
qu'il n'a pas encore lu le livre, après il
ne dira plus ça, il saura qu'il ne faut me
parler qu'à la va-vite et grossièrement.

Je ne sais pas comment je vais faire
pour rendre ce livre, et déjà, je chiale à

l'idée de devoir parler, assise au restaurant, en plantant ma fourchette dans une viande encore rouge, parce que demander de la semelle, ça fait tiquer le serveur, qui dit rosé quand même sinon ça sera dur, et j'obéis pour ne pas pleurer, comme si on me disait Non, tu fermes immédiatement ce paquet de bonbons, tu vas finir obèse. Je voudrais qu'on me parle par lettre, je voudrais ne pas voir le livre imprimé, et pourtant il faut le finir parce que c'est le seul à pouvoir peut-être te sauver, tu la voulais ta lettre d'amour, elle est là, tout le monde va la lire, toi qui dis toujours que je ne raconte pas assez aux gens que je t'aime. Tout le monde va la lire, chacun y trouvera ce qui le titille. Mon problème, ça va être d'arrêter de l'écrire, de le refermer, tu vois? J'aurais pu ne l'écrire que pour toi, mais je veux que ça siffle dans tes oreilles, que tu sentes les autres m'éviter, changer de trottoir, perdre mon numéro, je veux que tu partes tranquille, maintenant qu'ils savent ce que je pense d'eux. Ils diront du mal, ça leur fera plaisir, ils diront Piètre journal intime. Ils diront parce qu'ils n'ont rien d'autre à faire que de dire, ils se sentent tellement inférieurs à toi, ils sont en même temps si fiers, les débiles orgueilleux, parachutés à la tête du douzième de ce dont tu t'occupes, toi. Alors ils diront, mais ils n'approcheront pas.

Je m'installerai sur une espèce de nuage, toute seule, ça me rendra floue et parfaitement méconnaissable. Anonyme parmi les anonymes, j'attendrai que le temps passe. Je n'aurai plus de domicile fixe, je dormirai à l'hôtel, sur un quai, sous un pont. On dit que ça prend un rien de temps de perdre ses repères et de devenir une fille de la rue. Quand j'aurai dépensé mes économies, je quêterai devant les églises, des gens qu'on a connus rangeront frileusement leurs mains dans leurs poches en regardant ailleurs. Je te jure de ne jamais vendre ma montre, même pour quelques nuits de plus au chaud. Pour me la voler, il faudra me couper le bras.

Ce soir, on va fêter l'anniversaire de la femme d'un de tes amis. Je grelotte à l'idée de côtoyer ce colloque d'aveugles, comment est-ce possible. De quoi sont-ils faits pour ne pas se rendre compte qu'ils peuvent te faire exploser la tête, pour ne pas sentir que tu as mal, pour ne pas voir qu'on va se perdre et que deux heures de poker loin de moi ne participeront pas au sauvetage de ta vie ?

Je suis seule au monde, on t'accapare, tu ne fais rien de ce que je dis pour appeler ton docteur, je ne peux pas me confier, je n'ai rien de toi, rien du tout. Tu me demandes de venir là-bas mais je ne peux plus les supporter. Il y a trop de monde autour, jette, jette.

Ce que je souffre dans mon coin, tu ne peux pas l'imaginer. Te laisser partir en week-end avec tes fils, c'est une condamnation à mort pour moi, c'est monstrueux de faire ça sans savoir combien de temps il nous reste, avec la peur au ventre, tout le temps, et le cynisme nécessaire que j'ai perdu pour pouvoir m'en moquer. Aujourd'hui il faut que ça cesse. Si tu ne te bouges pas, c'est de la non-assistance à personne en danger. C'est du chantage, voilà. Arrête ton travail. Arrête qu'on te reconnaisse. Il faut qu'on parte.

Je vais crever mais je l'ai déjà dit, crever de toutes mes forces en m'offrant un week-end comme celui que Belle a eu avant de monter au ciel. Pas de visites, un peu de croquettes, de l'eau et ouste, prends les douleurs articulaires, les démangeaisons, les larmes devant une porte close. Entends les rires dans les appartements voisins, les baiseurs, les amants, les enfants. Profite des bruits des autres, va faire pipi dehors, marquer ton territoire sur ce pâté de maisons que tu connais par cœur pour l'avoir arpenté des centaines de fois, en larmes, ressassant ta vie de merde.

Qu'est-ce qu'on a fait de mal ? Tu as tué des gens, tu as volé, tu as menti ? Et moi, est-ce que j'ai tué ? Non, mais non, j'ai encaissé, tout le temps, je n'ai rien fait de mal, je t'aime comme une malade mentale, je ne veux pas te perdre, et je n'ai rien d'autre à dire pour le moment, je radote et je suis déjà vieille si tu pars.

Je n'irai pas à cet anniversaire ce soir, je n'ai pas envie de voir les aveugles, je n'ai pas le courage de me frotter à leurs blagues, à leur esprit. Il n'y a pas d'âme sensible ou elle ne se dévoile jamais là-bas. Je voudrais réussir cet effort, pour toi, pour qu'on y aille, ensemble, mais je ne peux plus les supporter. Et puis je ne suis jamais sûre de toi dans ces endroits-là. Tu peux être froid. Tu pourrais. Un peu. Ça dépend. Je ne sais pas. Froid jusqu'à ce qu'un homme me parle, et tu deviendrais chaud comme une braise et tu m'amuserais.

Je me déglingue. Hier, j'ai acheté un pantalon et le vendeur avait l'air brave mais il était laid comme tout, une espèce de remède. Et j'ai été assaillie d'images de baise avec lui dans cette cabine d'essayage. Et je me demandais ce qui se passait chez moi, avec ce type affreux. J'avais des larmes coincées, l'ascenseur bloqué, les mains qui tremblaient, j'avais envie de m'endormir sur le petit banc en bois du magasin, de m'y mettre en boule après l'étreinte. J'avais envie qu'en partant, il éteigne la boutique et referme la grille. J'avais envie qu'on soit samedi pour rester ici, prostrée, dimanche et lundi. J'espérais bien que ce ne serait pas lui le vendeur du mardi matin.

Après, dans le métro, je suis tombée

amoureuse d'une Russe aux yeux verts, très très grosse. Elle me regardait beaucoup, et moi, je suis repartie dans le labyrinthe bizarre de mes nouveaux désirs. J'ai sursauté. J'ai eu peur d'avoir oublié de remettre ma robe. Alors je suis rentrée chez moi et j'ai pris un bain pour nettoyer tout ça.

Tu vas m'en vouloir en lisant ce passage, tu vas même demander dans quel magasin a éclos ce désir, mais il faut que je te dise, le désir ne passait pas par la queue, mais par le besoin de le supplier de me prendre contre lui, j'ai eu envie de lui raconter que l'homme de ma vie allait mourir et que je me sentais très seule, maintenant, à cette heure du jour. Tu ne vas pas te fâcher, hein ? Le désir, c'était qu'on me dise qu'on était là pour moi, c'était qu'on me passe la main sur la joue et qu'on me serre. J'avais envie de m'endormir contre lui, parce qu'il était un peu moche et que j'ai pensé qu'il pouvait être plus malheureux que moi, à force d'être moche, comme ça. Je me disais que ce ne serait pas nocif. Mais tout ça s'est passé en une fraction de seconde, tu sais, je ne rôderai pas autour du magasin.

Maintenant je recense tous les hommes que je connais et qui me dégoûtent le plus. Je fais la liste, et je m'imagine contrainte de me marier avec l'un d'entre eux. Là, je brode. Jean-Michel m'emmènera en voyage de noces à Las Vegas, il m'appellera Darling, aura une grosse voiture plate. Il mettra Axe, et m'offrira des colliers et des cols roulés. Il lira des BD et dira je vais faire caca avant d'y aller. Et moi, j'aurai oublié mon passé, et je serai la femme à Jean-Michel et je ferai caissière en son commerce, et parfois, il vérifiera par-dessus mon épaule que je n'ai pas mis des sous dans ma poche. Il aura ses soirées avec ses copains et pendant ce temps-là, je me remémorerai Las Vegas, en promenant nos chihuahuas.

Pars pas. Pars pas. Pars pas. Pars pas. Après le recensement des monstres, c'est cette musique qui joue dans ma tête, une mélodie tarée, rusée, quelque chose comme une jalousie, un alcool fade qui prend mon sang et le glace.

Je repense au vendeur recroquevillé au-dessus du pli de mon pantalon. Il mesure la taille de l'ourlet, là naît le désir. L'homme est accroupi à mes pieds, et je vois son gros cul dans le miroir, et ses mains appliquées. Et moi, je profite. Je mets mes chaussures, je lui mettrais bien un petit coup de pied dans les côtes, je renverserais bien sa boîte à aiguilles aussi. Au lieu de ça, je le regarde faire son pli et quand il a fini je lui dis Sans vous embêter, je crois que c'est trop court. Il me donne raison et propose de le rallonger jusqu'à la limite de la semelle de ma chaussure. Non, lui dis-je, à mi-chemin plutôt, mi-chemin entre ce que vous avez fait, et la semelle. Bien sûr, me répond-il, vous avez raison. Et il décale ses aiguilles, il commence à avoir chaud la tête en bas, je parie que s'il se relève d'un coup, sa tête tournera. C'est là qu'il est le désir, dans cette boule en sueur qui traîne à mes pieds. Rien qu'un petit coup dans sa gueule et il dévalerait les cinq marches qui séparent les cabines des rayonnages. Je descendrai à mon tour, lui poserai un pied sur le ventre Dis donc mon garçon, tu vas me le finir ton exercice de couture ? Il dira Oui mademoiselle, pouvez-vous ôter votre pied.

Pas entendu *s'il vous plaît* : j'appuierai davantage, je m'enfoncerai entre ses côtes, monterai dessus avec l'autre pied, puis je sauterai. Si un client entre et s'étonne, je lui dirai C'est gratuit, on peut sauter sur le vendeur, venez, venez, il est tout mou.

Et puis après, normalement, c'est là que le magasin doit fermer et lui sortir, après m'avoir remerciée en me faisant un câlin, il doit sortir et me laisser pour la nuit.

Je crois qu'il faut quelque chose comme ça pour éradiquer la reine Claude, apprendre des vengeances trop sauvages pour elle, rejoindre de lointaines contrées, réellement et puis mentalement. Une île, un coin de désert, et une chasse à la folie douce.

Depuis hier je dis des mots à la place d'autres mots, tu n'en es pas là mon Amour. J'ai dit Philomène pour Phénomène, Ourk pour Pardon, et à l'instant, au téléphone, j'ai dit Je t'embrasse à une erreur. Voilà. Et toi, sinon, tu vas bien ?

Tu vas mieux. Mais je sais que tu vas mieux jusqu'à demain matin, date à laquelle tu as prévu d'appeler le docteur pour connaître les résultats. Va-t-il nous dire que l'on peut baisser les bras, qu'il vaut mieux ne rien toucher et te fiche la paix, ou bien va-t-il commencer l'offensive ? Va-t-il redire *trépanation*, à m'en faire exploser les entrailles, va-t-on tout reprendre au début, toi qui ne veux pas me dire, et tout ça ?

Pour me calmer je pense à une lobotomie, et ça marche. Je me dis que j'ai trouvé pire que trépanation. Il y a aussi hystérectomie comme mot, ou anus artificiel, et puis il y a mourir mais c'est un verbe. Je me dis que trépaner, c'est pas mal finalement, assez joli, ça fait penser à *poisson pané*, et poisson pané c'est mauvais mais ça a l'air gai, ça fait aussi penser à *tre pani* per favore, on est en Sicile, il fait chaud, on se promène dans les ruelles de Taormina, ça fait penser à *t'es pas né*, et on s'adresse à Rigoletta, là c'est beaucoup plus triste déjà. Et puis surtout ça fait bien dans la conversation, on est sûr qu'après un mot pareil, les amis n'appelleront plus. On va le dire tellement bien que ça coulera dans la phrase comme si on disait fleur ou jardin, et de l'autre côté, ils seront secoués. Les plus curieux nous rappelleront pour avoir d'autres mots mais les autres, trépanation bloquée en travers du gosier, se contenteront d'une carte postale à Noël et c'est tant mieux, bon débarras, lâchez-moi, je ne veux plus vous voir.

Le week-end prochain, tu vas m'emmener en voyage. C'est une surprise, quelque part dans un pays du monde, chaud ou pas, où il y aura nous deux. Tu ne me dis pas où, seulement l'heure à laquelle tu m'embarques, j'espère que tu me boucheras les oreilles dans l'avion pour que je n'entende pas où l'on va. J'espère qu'on aura des éléments sucrés. Mais ce que je trouverais mieux encore serait de ne jamais découvrir où tu m'as emmenée, de ne pas me rendre compte du nombre d'heures de vol, comme ça s'est passé avec toi, ouarf ouarf ouarf, j'aimerais ne pas regarder les panneaux indicateurs, ne pas entendre les gens parler, pour ne jamais savoir où tu m'as emmenée. Rentrer ensuite, et me souvenir des paysages, de nous, mais ne pas savoir où c'était, pour pouvoir ensuite, toute ma vie durant, chercher.

Je fais ce que je peux mon Amour, je la pousse à bout mon imagination, bientôt mes lettres vont former des dessins et ce sont des chardons qui sortiront de ma bouche, à force de tournicoter mes pensées dans ma salive, à force de ruminer les horreurs que je pense des vivants.

Quant à ma tête, oh celle-là, qui s'emballe. Dans le métro elle cavale, pendant que les jeunes comparent à haute voix leurs nouveaux emplois du temps, détestent leurs professeurs et ont philo, parce qu'ils ont philo, ceux qui parlent fort. Ils ont philo ou bac ou prépa. On dirait que c'est quelque chose de superbe d'avoir philo, ça m'énerve parce que quand j'avais philo, ça me mettait déjà hors de moi que les élèves de ma classe en parlent. Je matais les vieux de la rame, alors je n'aimais pas faire savoir que j'étais en terminale. Je mate toujours les vieux du wagon : j'en prends dix et je me demande. Lequel. Et si c'était obligé de choisir. Et s'il fallait en sucer un. En embrasser un. En branler un. En aimer un. Et c'est affreux, parce qu'ils sont affreux les vieux du métro, qui suent, qui lisent, leur doigt boudiné dans l'alliance, leur ventre rebondi au-dessus de la ceinture, leur bouche encore pâteuse du rouge de midi, leur journal bien repassé, leur gros cartable, leur petite queue coincée là, qui a un peu envie de faire pipi, ou qui vient de faire, ou qui gratte. Je les regarde et l'angoisse vient. Non, je ne peux pas, non, me dis-je, non, je n'y arriverais pas. Est-ce que si je choisis lui, qui a chaud et les ongles un peu jaunes, est-ce que si j'accepte qu'il me pisse dessus, ça va supprimer la reine Claude ? Est-ce que si j'accepte de prendre les dix ensemble dans ma petite chambre verte, assise sur le bureau, couchée dans le lit, penchée au balcon, limée sur la moquette, mon panda dans les fesses, accrochée, écartelée, est-ce que si je dis oui aux pains dans ma gueule et au fouet, est-ce qu'il va guérir ?

Quand j'étais petite, déjà, je pensais comme ça, mais pour mon papa. Je m'obligeais à faire des choses pour qu'il rentre de voyage. Je suivais le tour de la plinthe du mur de ma chambre avec mon doigt, la nuit, je comptais, je comptais le nombre de barres des chiffres rouges du réveil, et j'étais obligée de le faire, et mon papa revenait toujours, ensuite, grâce à moi.

Quand c'était bientôt Noël, ça s'emballait, des ordres m'arrivaient du ciel, je devais me mordre les bras et compter tout le temps pour que ça se passe bien, que les gens s'aiment.

J'ai mis fin à la guerre du Golfe, ça mettait ma maman dans trop d'états, j'ai pardonné à l'assassin du pape, j'empêche encore Pise de tomber, et parfois, je voudrais moi aussi avoir philo, arrêter de penser, et baisser les bras.

Je n'aurais jamais cru vivre un amour à la hauteur de celui que j'étais capable de donner. J'avais aimé ces hommes dont je t'ai déjà parlé, trop parlé, il faut les tuer, je ne sais même plus qui ils étaient alors ne pense plus à leurs pattes sur moi, ça n'a jamais existé. Pouvoir tout te faire, te dire, au point de croire parfois que tu sauras toujours tout pardonner, c'est extraordinaire, même si je sais ce que tu ne pardonnerais pas. Et je me tiens bien, je te signale, ce n'est plus la peine de m'inventer des amants, ou plutôt si, continue, j'aime bien que tu aies peur au fond mais n'aie pas peur tout le temps, repose ta tête, respire.

Les violences qui m'arrivent depuis que tu es malade sont des accès de folie.

C'est hors de contrôle, en plus ça ne se passe pas, en dehors de la tête. Il m'arrive à certaines heures d'avoir envie de me faire une pute, de frapper n'importe qui, de voler, de quêter dans le métro, de me faire défoncer la gueule au fond d'une ruelle et d'être sauvagement piétinée, j'ai envie de t'appeler, le ventre perforé et la gencive ouverte, et que tu viennes me chercher dans ma flaque de sang. J'ai envie d'aller plus mal que ta tête, alors les pensées vont et viennent, furibondes, fractionnées, comme nous deux quand on danse et que ça me rend dingue.

Pour me calmer je pense à Rigoletta, je me dis qu'une maman ne sort pas se payer une pute. Elle fabrique des habits pour les peluches, peint au pochoir sur les murs de la chambre, et fait des frites. Elle n'écharpe pas une autre mère de famille et ne met pas le feu aux églises. Elle évite de tapiner et de se faire embarquer au poste. C'est quand je n'ai plus d'amour que ça me vient, quand je rejette le tien, et qu'il n'y a plus que le vide pour moi, et rien, plus rien à explorer pour me remplir. Je me fiche de tout

132

en dehors de nous. Tout s'éclipse, rien ne me prend. Avec toi, j'avais trouvé le moyen de ne pas grandir en entier, je ne sais pas le dire autrement, tu étais grand pour deux, j'avais seulement à rester moi-même pour toujours te plaire.

J'arrête avec l'imparfait, je le laisse aux autres, nous c'est parfait, et c'est maintenant. Je dois la trouver, là où elle traîne. Dans un carnet du jour, j'ai lu qu'elle s'était hier occupée d'un petit garçon de quatre ans, de quinze vieux et d'une vieille, tous surpris dans des quartiers différents, et je parle seulement de ceux dont la famille a payé un journal pour l'annoncer, alors où est-elle maintenant ? Dans un avion, dans un sous-marin, un train, suspendue à un anévrisme, un cœur, un fusil, une seringue, un désespoir, elle attend sur un pont, elle serre un rasoir, aiguise une lame, troue un parachute, souffle sur la flamme d'un réchaud à gaz, bouche le conduit d'une cheminée, et le monde meurt, comme ça, en dînant, paisiblement asphyxié devant la télé, sans y prendre garde.

Je me sens capable de la faire tourner en bourrique si elle se détache un moment des autres pour ne s'intéresser qu'à moi. Si elle me prend, en face à face, si je m'abandonne et lui fais croire qu'elle ne me tient plus que par un fil, si je lui occupe les deux mains, si, si, si, je peux gagner, je peux la tuer.

Et puis ça revient, ça cogne dans mon cœur, comme si on m'avait offert parmi tous les cadeaux dont je rêve le plus moche des cadeaux du monde, mais pas un pour lequel je pourrais entrer en pitié, pas un présent un peu touchant bien que laid et inutile, non, quelque chose qui fend l'âme, où je me dis ah non vraiment ça, ça, gentille comme je suis, sensible et tout ça, et on m'offre ce bidule dans du papier journal, que j'ai même pas encore ouvert, et que j'ai déjà les doigts tout noirs. Et je ne râle pas, non, je ne râle pas, j'ai mon ventre qui se tord et ma bouche qui part en avant, et je voudrais quelque chose comme un grand ours de très bonne qualité ou un beau bijou, mais même là, c'est qu'il y a le dégoût avec le bonheur quelquefois. Je suis devenue comme ça à cause des hommes. Quand on m'offre un cadeau, quand on me complimente, j'attends la suite, l'annonce d'un soir sans moi ou d'un départ, ou de quelque chose qui ne passera pas en entier par moi.

Mais là, si ça se tord, c'est parce que je me dis qu'il m'a menti, qu'il n'a jamais été malade mais qu'il n'a trouvé que cet argument pour me récupérer, et seule, je m'emballe, puisque c'est comme ça, puisque c'était inventé, c'est dégueulasse, il a fait de moi une apeurée, une larmoyante. Que compte-t-il inventer ensuite? Il faut le faire enfermer, qu'at-il dans le sang, oui, oui, une maladie, il a quand même sûrement une maladie pour inventer une chose pareille. Et moi, qui suis là, à être revenue, enracinée, moi et mon cancer dans le ventre, et lui et son rien, parce qu'il n'a rien, c'est sûr, il ne demande pas ses résultats, évidemment, ça lui donnerait trop de mal pour trouver quoi raconter, ensuite, et puis il n'aura pas le courage de se raser la tête pour m'y faire croire encore. L'imagination, c'est moi qui l'ai. Alors il attend, il doit penser que je vais oublier qu'il est malade et garder de ces derniers mois seulement cet amour génial qui perdure, merveilleux, imbécile.

Je vais partir, à cause du mensonge, parce qu'un comme ça, on ne peut plus vivre avec, après. Un mensonge de cette taille va mettre ma vie à sac. Il aura menti tout le temps alors, quand il disait qu'il aimait ma purée, il mentait, et quand il me trouvait bien habillée, quand il aimait l'odeur de mes cheveux, et quand il demandait ma main, quand il parlait d'un enfant, il mentait, il mentait à son travail, il mentait quand il n'avait que moi, il mentait parce qu'il n'avait aucune maladie, juste une démence profonde, à interner. Jamais je n'accepterai de me dire qu'il a menti pour ne pas me perdre et que c'est magnifique. Ah non, je vais penser que c'est un monstre avec qui j'ai gâché du temps, et chaque fois qu'un homme me parlera, après lui, je penserai qu'il ment. Je ferai comme si je suis d'accord, je dis toujours d'accord à un homme, mais je ne le croirai plus. Je ne croirai plus ni les curés, ni les amis, ni les docteurs, ni aucune histoire. Je me sentirai manipulée, le monde entier s'emploiera à ma perte, tous les machinistes œuvreront pour ma destruction. Et à l'origine de l'entreprise, il y aura lui. Lui et son œuvre, c'est-à-dire moi, dans ma déchéance, moi dans sa bouillasse, moi gâchée, je ne sais pas, décongelée, desséchée, croûtée, ignoble.

J'ai l'impression d'être une bête. Pas une de celles qu'on dit de scène ou de sexe, qu'on regarde ou baise comme un animal, non, une bête d'une vieille dame qui dirait Chez moi, j'ai des bêtes. Je suis la vieille chienne au coin du feu, j'attends mon heure, le soir je traîne mon arrière-train vers la couverture et quand il se passe des choses, j'ouvre l'œil, et ma paupière inférieure et rouge pend. Mon horizon, c'est les varices sur les jambes de la dame qui a des bêtes et qui m'a. Quand je ronfle elle tape du pied pour que j'arrête, elle est brave mais j'ai le cafard, c'est ma maison, il y fait chaud, on m'y aime et m'y nourrit mais je ne sais pas si un jour on ne va pas décider de me faire cuire, je ne sais pas si tout ça, ce n'est pas juste pour m'engraisser, me détendre, me dépecer, avant de m'offrir en méchoui.

Vous m'avez bien eue. J'ai marché. Mais maintenant, c'est fini. Tumeur au cerveau? Deux? Pourquoi pas. C'est romantique. Moi j'en ai trois.

Tu sais que je vais peut-être me tuer pour un mensonge pareil, je vais beaucoup plus mal avec toi en vie et menteur, qu'avec toi en saint mort. Je ne te parlerai plus jamais. Je vais quitter ma vie pour autre chose. Je vais répondre à ce lecteur, dont j'ai reçu une lettre ce matin, et qui commence par *Je vous écris car je vous trouve bonne*. Après il me recommande d'*exulter ma chair*, et moi j'ai pensé Va donc pauvre mec, et maintenant je crois que je vais aller le trouver. Il dit qu'il sera muet et seulement *désirable*, et je me vois très bien sonner à sa porte, l'attacher et me le faire, muette et désireuse d'en finir, d'en tuer un, celui-là parce qu'il m'a dit que j'étais *bonne*, et que celui qui se permet ce genre de compliment doit s'attendre à des représailles. Il veut ma chair, la voilà.

Il ouvre la porte, et j'entre. Il a l'air étonné. Bonjour, lui dis-je. Vous m'avez écrit que vous aviez envie de me baiser, ça se passe où ?

À côté du salon, il y a la cuisine, j'y fais chauffer de l'eau. Je reviens, il est debout et me regarde. J'ai enfilé le tablier de sa femme.

Mets-toi nu, lui dis-je.

Mais vous ne voulez pas qu'on parle un peu, d'abord ?

Pour quoi faire, porqué Miguel ? Couche-toi et ferme ta gueule.

Il s'exécute et je le regarde. Il est tout nu, et j'entends siffler la bouilloire, je vais la chercher, et je reviens, alors je lui jette l'eau bouillante entre les cuisses, et il devient fou. C'est ce que je voulais, son bas-ventre violet, ses hurlements, et ses yeux. Il cherche un objet pour me frapper, je lui tends un parapluie, mais un peu fort, alors je lui crève un œil, je ressors la pointe, je m'excuse, enfin je le prie de m'excuser, et je le lui rentre dans la bouche, et là, et là, il tombe et meurt.

Et par terre, c'est qui par terre ? Tu veux que je te dise ? Par terre, c'est toi, si tu m'as menti.

Je regarde la télévision. Il y a eu des attentats et je te regarde comme une amoureuse parce que j'ai perdu mes soupçons, ils se sont envolés devant ta belle tête blessée qui travaille à cent à l'heure, aujourd'hui que le monde se bat. Je sais que tu as mal à l'intérieur parce que le rosé du dîner d'hier soir t'a empêché de dormir, parce que tu commentes ces attentats alors que ça pète déjà dans ta tête, et que tu devrais l'évoquer pour décrire les bombes, la violence, la gravité sans précédent, et les victimes.

Je pardonne à mes soupçons, parce qu'ils veulent seulement me sauver, ils me tendent la main, ils ne voulaient pas médire, ils te soupçonnent d'avoir raison quand tu dis que personne ne m'aimera jamais plus fort que toi. Une promesse comme celle-ci, je ne pourrai pas la perdre, alors si tu as menti, au moins, si tout devient faux, et que rien

140

ne s'est passé en vrai, entre nous, je n'aurai pas mal de la même manière, je serai victime de la haine, et je me débrouillerai mieux, haineuse et mauvaise, bien mieux que seule et fragile.

Me voilà qui bénis l'actualité de m'offrir mon homme en direct pour l'après-midi, et de profiter de lui davantage, et d'enregistrer, pour plus tard, cette logorrhée superbe qui n'en finit pas. Après, ce sera l'heure où tu arriveras, avec ton cartable, ton sourire devant le dîner installé et nos projets et nos rires et notre vie que personne ne connaîtra jamais.

Donc, à présent, je me tais.

À cause des bombes, je ne sais pas si on va partir. Tu avais dit que tu t'occuperais de ma valise, et Laure m'a drôlement jalousée quand je lui ai raconté ça. Elle m'a dit que c'était son rêve ça, mais elle parlait de la valise, parce qu'elle a cru que tu allais acheter une valise et tout ce qui va dedans, du mouchoir en papier aux petites culottes, du savon au manteau. Et je lui ai dit que ce n'était pas ce que nous avions prévu, que tu allais plutôt remplir ma valise en fouillant dans mes placards.

En plus, comme ça, tu auras peut-être de bonnes surprises aussi, je ne serai pas la seule gâtée de l'aventure, toi qui crois qu'en fouillant tu vas y trouver quelqu'un justement, dans le placard. Ça va te faire tout drôle d'ouvrir les tiroirs alors que je suis là, et que tu es dans ton droit, que tu n'as pas besoin de vérifier, le cœur battant, que je ne remonte pas déjà de la promenade du chien. Tu vas perdre ta jalousie dans mes placards et je ne devrais pas me réjouir comme ça, alors que j'adore ça un homme jaloux, à moi, à qui je fais croire que je peux devenir une esclave par goût, et que je retourne comme une crêpe parce que j'adore quand il roule à terre et lèche mes pieds.

Tu ne les oublieras pas, dis, dans la valise, mes chaussures à talons ? Tu ne vas pas m'emporter un survêtement pour être sûr de me faire bien moche et rien qu'à toi ? Je te pardonnerais, ça oui, mais je préférerais être coquette pour là-bas. On dit que les femmes s'y sentent bien, on dit qu'elles ont les yeux qui brillent, je n'ai jamais entendu dire qu'elles s'y promenaient en jogging et en tongs. On raconte que les hommes les épousent, ou demandent leur main, et puis on y fabrique les Rigoletta.

Si notre voyage était annulé et que tu travaillais tout le week-end, ça me déchaînerait et je ferais une partouze où j'inviterais tous tes copains, et je leur dirais que je suis désolée, y peut pas, y travaille, va falloir faire sans lui. Après l'amour, s'ils ont froid, je leur prêterai tes affaires et leur préparerai des citrons au miel, et quand tu rentreras, éreinté à la fin du week-end, ça sentira le cul et la cigarette, dans toute la maison, et je te prierai de nettoyer les taches de je-ne-sais-quoi sur la moquette, et accroupi, por favor Miguel, on fait les choses correctement ou on ne les fait pas.

Après avoir fait le ménage, tu me demanderas si j'ai passé un bon week-end, quand même, et je me blottirai dans tes bras, et je sursauterai, je me souviendrai qu'il y a la reine Claude alors je te dirai Non, tu m'as trop manqué, je crois que j'ai un peu fait des conneries, mais maintenant tu es là, et ça va.

J'aurais envie de mourir de chagrin, de me transformer en bête de la dame qui a des bêtes et qui m'a, afin qu'elle me punisse avec sa canne d'avoir mangé le plateau de fromages ou d'avoir fait mes besoins sans attendre qu'elle me sorte.

Je demanderai pardon à Dieu et ça ne suffira pas à laver mon remords. Alors je t'énoncerai ma faute et ça te rendra fou, tu iras tuer tes amis et ça me fera plaisir, je te féliciterai de procéder par le vide, ces traîtres ne valaient pas la peine. Tu oublieras ensuite pourquoi tu les as tués et, en arrivant au ciel, tu penseras à proposer à Dieu de me sanctifier. Il sera d'accord et au passage, dans sa grande mansuétude, te ressuscitera.

Pour le voyage-surprise ça a bien été râpé, à cause des attentats. En échange, nous partons à la mer. Et tu vas dans le bar du train te chercher un café et fumer une cigarette. Pendant ce temps-là, le sommeil me prend. Je pique du nez et je me dis que je dois absolument dormir parce que tu ne vas plus revenir, ce qui nécessitera de ma part un déploiement de forces spéciales. Emporterai-je ton sac en descendant du train ? C'est la question qui me vient. Je me demande. Il est joli, il est noir, il a une fermeture Éclair et un rabat-pression. Il est souple, on peut le tordre s'il n'est pas plein. Il faut voir. Est-ce que je réussirai à porter ce sac noir en plus du mien ou est-ce que mon épaule lâchera et restera accrochée au bagage tombé sur le trottoir. Je me demande à nouveau.

Au départ de Paris, je suis allée au wagon-restaurant nous chercher des boissons. En revenant, j'ai trouvé une cuisine désaffectée entre la fin de la voiture onze et le début de la douze. Quand tu ne vas pas revenir, je pourrais m'y installer, et me pousser de temps à autre, afin de laisser les voyageurs descendre ou monter. Je les aiderai à porter leurs valises, et parfois, en cas d'affluence, je leur permettrai de les déposer dans mon four désaffecté, leur promettrai de les surveiller pendant tout le trajet. Pendant ce temps-là, sans trop y croire, je t'attendrai quand même, espérant que tu reviennes du bar, avec ton café refroidi, ta cigarette consumée, mais heureux. Tu trouveras mon logis drôlement étonnant et très sympathique. Tu me demanderas la permission de t'y installer avec moi, et tu signeras des autographes aux voyageurs dont j'aurai gardé les valises. Comme maman ce matin, qui m'a dit qu'elle se sentait *chez elle* dans son blouson, je me sentirai chez moi dans mon couloir.

Mais comment je vais faire si on m'oblige à descendre du train avant que tu reviennes? Si on me balance par-dessus bord en pensant que je suis déjà morte? Il faudrait qu'on choisisse un endroit où se retrouver en cas de problème, en cas de séparation intempestive.

Tu reviens. Je te jure. Tu reviens sans que j'aie eu besoin de chercher un endroit pour nos retrouvailles. Tu reviens à côté de moi et ça me réveille. Tu me mets dans les mains une feuille de journal sur laquelle une conne, c'est toi qui l'as dit, se permet de te traiter indirectement d'idiot. Je décide en premières représailles de ne jamais lui garder sa valise dans mon studio-cuisine, et je t'embrasse, tu dis Oui mon Amour, mais tu pourrais dire que c'est une enflure cette conne, non? Je t'embrasse, tu ne sais pas que tu as failli ne jamais revenir. Tu ordonnes Arrête de m'embrasser, dis que tu es d'accord avec moi. Mais oui mon Amour, toutes les femmes sont des enflures, sauf moi, tu sais bien, des perverties, des jalouses, des mauvaises. Je la tuerai, elle t'a assené un coup sur la tête et chaque personne qui t'effleure depuis le premier août recevra quelque chose en travers. Je te vengerai, pas maintenant parce que je suis trop occupée à conjurer ta mort, mais après, si j'échoue, si tu meurs. Là oui, j'aurai ma vie pour me les faire, ceux qui ont participé à l'extension du territoire de la reine Claude. Tous ses sujets trinqueront. Les mauvaises perdront leurs époux, je me forcerai, bien sûr, mais peu importe, elles deviendront de laides divorcées. Les maris, eux, perdront leur travail, tomberont pour viol, agression sexuelle sur jeune femme de vingt-six ans.

Si je deviens un soleil, je grillerai leur peau et brûlerai leurs yeux.

Et puis voilà. On m'avait arraché ma surprise, et maintenant on t'arrache de moi pour t'envoyer compter les morts des attentats. On n'attend pas le dimanche, ce serait trop demander, c'est vrai qu'il nous reste tellement de temps, on me troue mon samedi en plein cœur, et nous voilà dans le train, qui regagnons Paris où tu prendras l'avion tout à l'heure.

Le monde ferme, je n'aime pas avoir ce chemin à faire pour rentrer. Tu me proposes de t'accompagner. Je ne peux pas, ce sont mes pieds de plomb encore, et mon profil bas. Je ne pourrai pas prendre en bien ce périple, que je trouve tellement bête, moi qui sais ce qui traîne dans ta tête. Je ne vois pas la reine

Claude trouver son ambassadeur là-bas, ils doivent être à feu et à sang.

Alors je voudrais déjà être dans mon lit, la lumière éteinte, mais je sais qu'aussitôt je la rallumerais, et attendrais que ça passe en parlant au vendeur de la Saba. Je lui raconterais ce week-end avorté, ma glace au caramel au beurre salé d'hier soir, et toutes ces choses.

Ça sera vide comme ça ne l'a jamais été, parce que je suis devenue allergique aux violences, aux absences. À un moment, je perdrai le rythme de ma respiration, et je serai obligée de me coller contre Luca et de calquer mon souffle sur le sien, pour arrêter de mourir. Je respirerai beaucoup trop vite pour moi, c'est un chien, ce sera comme pour un accouchement, mais rien de membré ne sortira de moi, seulement un peu d'algue verte, reliquat de l'eau de la baignoire à remous, dont tu m'as extraite d'urgence pour sauter dans le train et ne pas rater l'avion. Luca flairera l'algue et me regardera, navré, l'air de dire je ne t'aime plus, maîtresse.

Je déposerai mon algue dans un berceau de fortune. J'ouvrirai le premier tiroir de la commode et le viderai avant de le recouvrir d'un molleton et d'y coucher mon algue.

Si j'accouche une deuxième fois durant la nuit, je placerai mon deuxième enfant dans le bidet et mettrai du scotch autour du robinet afin de ne pas le noyer par erreur.

Je connais l'absence, le vertige, le besoin soudain de voir du monde, de lui parler, pour rien, juste demander l'heure, une direction, pour rentrer ensuite rassurée, convaincue que les échanges humains n'ont pas d'intérêt et que la solitude vaut mieux.

Je connais l'envie de dévorer un corps, qui remplirait le mien, et le besoin de le posséder au point que le mien n'ait plus qu'à suivre, qu'il soit pensé, et bougé, sans se soucier de rien.

Pour le moment, je t'ai encore à portée de main, je pourrais te parler, insister un peu pour l'opération de ta tête, et tu comptes reporter ça combien de temps, mais je me tais. Déjà seule, je regarde défiler les maisons de gardes-barrière, et je m'imagine en décorer une et y vivre. Je m'imagine secouer la nappe par la fenêtre et avoir pour seule activité de faire bonjour aux trains qui passent.

Et puis voilà qu'une voisine nous dérange. Elle te demande si à l'arrivée à Paris, tu pourras être gentil de descendre sa valise, et tu dis oui. Alors elle est contente, elle dit C'est normal remarquez, entre pays. Et moi, ça recommence. Je ne vois pas le rapport. Je ne demanderais pas au président de la République d'abolir ta reine Claude sous prétexte qu'entre gens qui ont deux jambes, on peut quand même s'épauler. Il ne me viendrait pas à l'idée d'aller trouver une femme et de lui soutirer un service sous prétexte qu'entre salopes, quand même. Et je n'irais pas voir la mort en lui expliquant qu'entre êtres qui respirent... Et j'en ai assez d'être entourée d'abrutis.

Ça y est, maintenant tu voles et je regarde le ciel par les jours des volets. J'ai pris un bain pour ne plus sentir l'algue. Je suis propre et je n'aurai pas d'enfant ce soir.

Je pourrais allumer la télévision pour savoir si tu vas bien. Mais comme je déteste que tu puisses t'adresser à d'autres en même temps qu'à moi, l'écran restera éteint. À la place, je me ferai une projection mentale du film de nous deux dont tu as la cassette et dont j'aimerais d'ailleurs obtenir la garde un week-end sur deux et la moitié des vacances, il n'y a pas de raison.

Je prie Dieu. Je lui demande si ce ne serait pas possible plutôt qu'un homme subclaquant en reportage, de tout rembobiner et de réviser la donne. Supprimer la reine Claude, la placer dans quelqu'un qui n'a plus envie de vivre, qui n'a plus goût à rien, ou bien dans une bonne femme qui envoie des coups de pied aux chiens, ou dans un bonhomme qui trompe sa femme et lui fait quand même des enfants, ou dans un homme qui ordonne qu'on détruise une tour de New York et qui me sépare de mon Amour, assommé de m'avoir tant vue bouder avant son départ. *Tu as l'air franc comme un âne qui recule*, dit-il quand je promets que je ne sais pas du tout ce que je vais faire, ce soir où il part. Mais la joie que je me faisais de ce dîner s'est tordue, l'envie de nous deux assis côte à côte comme hier soir, dire que j'avais promis au serveur d'essayer sa surprise au chocolat, le bonheur de nous deux contre la moquette de l'ascenseur, puis ivres morts, la fenêtre ouverte, face à la mer, tout cela est piétiné, et je glisse dessus comme sur une peau de banane.

J'aurais pu rester là-bas, seule, comme tu l'as aussi proposé. Seule à notre table d'hier, face à la vitre et à mon reflet dedans, me retournant tout le temps pour vérifier que ce n'est pas un mauvais rêve, qu'il n'y a aucune trace de toi. Je retrouverai la femme solitaire d'hier, que j'ai plainte pendant le dîner en te murmurant qu'à sa place, je n'aurais jamais réussi à m'habiller, à me préparer pour descendre au restaurant, je t'ai dit que j'aurais mangé dans la chambre ou peut-être même pas, de peur d'attrister par ma solitude la jeune personne du room-service.

J'aimerais me réjouir de ton départ, c'est la vie qui s'agite, elle ne te laisse pas tomber, mais je m'emmêle dans les tourbillons, il y a ce monde et puis ta maladie, et ton amour trop lourd à porter à présent que je perds mes forces, et que tu sembles m'aimer chaque jour plus fort, comme je n'aurais jamais osé le rêver. Je voudrais ne t'avoir jamais rencontré, être mariée à un ancien amant, attendre son retour du travail, frétiller de bonheur les soirs de gratin. Je voudrais me fiche de sa famille, de son travail, de ses maladies, penser à sa mort comme à un soulagement qui ouvrira sur autre chose, un autre ancien amant, un nul, un encéphalogramme plat, un pauvre type, et j'en ai connu des comme ça, je n'ai connu que ça, et je me souviens de tout.

Il est midi, nous sommes en Bretagne, la caméra posée sur la voiture, et la mer derrière, nos deux têtes dépassant à peine dans le cadre. Puis je me rhabille, on vient de se baigner. Ensuite nous sommes dans la maison, et je suis penchée au-dessus du lavabo, je ne t'ai pas vu venir, tu te mets derrière moi, tu filmes et tu m'embrasses. Ensuite c'est Florence, l'an dernier, et ta caméra qui essaie de farfouiller sous ma robe pour voir si j'ai mis une culotte, puis nous sommes en haut du Dôme, et les cloches retentissent. On entend notre fou rire et toi qui dis *Mais qu'elle est bête cette fille*, parce que tu as rembobiné et qu'un Japonais à côté vient de voir l'image de nous deux sur un lit où on fait des trucs. Ensuite je souris niaisement, penchée à un balcon, le soleil dans la figure, puis tu m'as prise de dos, penchée comme une grenouille, ramassant mes bâtons de ski. Ensuite on me voit encore, et j'arrive à t'apercevoir au fond de mes yeux, je viens d'ouvrir l'écrin de la plus belle montre du monde. Maintenant c'est toi, nageant dans une mer un peu grise, puis courant derrière ou devant quelque chose, va savoir, et puis le reste, je ne le raconte pas, pas parce que c'est trop intime, mais parce que maintenant ça suffit, je ne peux plus me rappeler tout ça et continuer quand même à vivre, quand trois jours sans toi sont déjà l'agonie, le choix entre une montée forcée vers un azur sans air et la descente au cœur de moi où tout n'est que secousse et froid.

Je voudrais saisir n'importe quelle main et la serrer jusqu'à un bon bain chaud, ou jusqu'à une grand-mère, avec ses châles, ses napperons, ses brioches et son habitude de la guerre, son bon usage des crises, tout devient une fête quand on a sa petite-fille à soi et qu'on la gave de bonbons pendant que dehors tout pète et lâche et disparaît. Ce qui compte, c'est d'être là, assises devant le poste, à rire de la tête des gens, et à remettre des bûches dans le feu pour raviver sa flamme.

Je te déteste d'avoir eu les jambes qui te démangeaient et de l'avoir répété comme une machine, alors qu'on avait la mer et le soleil et pour une fois personne pour entraver le bonheur, je t'en veux d'avoir passé deux jours l'oreille greffée au téléphone afin qu'on te laisse partir pour New York comme tu le demandais. Je trouve ça violent, même si tu m'appelles pour vérifier si ça va. Oui, oui, je travaille. À midi, je n'avais rien fait, alors j'ai inventé, il suffit de grossir la police de caractères pour que ça devienne vrai. C'est comme tromper, il va suffire de diminuer la gravité d'un amant, jusqu'à ce qu'il se fasse invisible, même en mémoire. Mais je n'ai pas envie d'un amant, il faudrait pourtant couper court à tout ça, qui ne rime à rien, nous

deux avec toi qui meurs et moi qui descends, te laisser te gratter les jambes
puisqu'elles démangent, et prendre les
miennes à mon cou avant qu'elles ne
pèsent une tonne.

Je mange mes doigts en pensant aux
doigts de pied de ma voisine, ma gan-
grène a bientôt un mois et demi, elle n'a
épargné aucun détail de mon corps et je
ne sais pas faire avec elle comme tu fais
avec la reine Claude. Je n'arrive pas à
être meilleure, à être plus forte, je n'ai
jamais su durcir le ventre sous un pied
qui m'écrase, je me laisse défoncer puis
je me refais, c'est comme ça.

Je veux Rigoletta, pour la vie, elle sera
là, avec moi, si tu pars. Elle posera sa
petite main dans la mienne et je lui parlerai de nous. Elle te connaîtra mieux
que si tu avais vécu. Il faut la faire maintenant, c'est toi qui as raison. Tu seras là
quand elle va arriver, je ne serai pas
seule dans la chambre d'hôpital, à regarder dans le berceau ton profil rétréci, à
entendre dans le couloir les pères clamer
leur joie. Tu seras là, fier de moi, c'est
toi qui gourmanderas l'infirmière et la

prieras de répondre aussitôt quand j'appelle. C'est toi qui m'offriras des fleurs, prendras des photos, nous conduiras à la maison et fermeras la porte derrière nous.

Pour le moment, j'en suis à rêver de devenir une femme voilée, pas de blanc, non, de noir, le corps et le visage cachés, la vue obstruée par un grillage et mes larmes dessous, libres et folles, sans horaire, sans histoire, sans gens pour demander Ça va ?

Je voudrais me transformer en objet, en bibelot, mais pas en jolie chose devant laquelle on s'extasie, qu'on caresse du doigt ou soupèse pour voir si c'est du vrai, plutôt en objet transparent, en globe qui fait de la neige quand on le secoue, oublié dans l'entrée d'une maison vide, loin d'un enfant curieux et pressé de le secouer pour en faire observer la neige à ses amis. Je voudrais me transformer en eau de bain ou de fer à repasser pour que ma mort soit naturelle, que je m'écoule parce qu'il le faut, parce que ça se passe comme ça dans les baignoires, ou que je m'évapore petit à petit au-dessus d'une planche à repasser, gouttant un instant au plafond, puis retombant dans un pot de fleurs ou un bocal de poissons.

Je veux bien devenir quelqu'un d'autre si l'on ne veut pas de moi comme objet, faire des ménages, épouser un roi, conduire le métro, commencer des études de chimie, je veux bien tout ce que vous voulez mais d'abord changer de peau et perdre la mémoire.

Je rêve parfois que je prends un couteau et te fends le crâne pendant ton sommeil. J'y trouve deux boules et les retire, la reine Claude a enfanté, une poule pondeuse cette pute-là, puis je recouds, noue un bandage, et mets les deux boules dans la boîte où il y a déjà les dents de ta mort. À ton réveil, tu te fâches, et moi je me plains, je n'ai presque pas touché à tes cheveux, j'en ai peut-être coupé quelques-uns, tu es tout neuf et tu m'engueules. Je vais chercher la boîte pour te montrer les boules, tu me cries que si ça se trouve, je me suis trompée, je t'ai retiré les yeux. Et puis tout à coup tu réalises, tu n'as plus mal à la tête et tu y vois très bien, tu me vois, moi, ta boule de neige, ton bout de coton, ton seul amour, je suis ta sauveuse et tu m'invites à danser un rock and roll sur *Born to be alive*. Très vite, ton bandage se détache et quatre petits rouges-gorges viennent en pincer les coins et l'emportent chez eux pour en faire un cocon.

La saison des prunes s'achève avec l'automne, bientôt la reine Claude ne sera plus qu'un vieux souvenir, une confiture étiquetée qu'on a mitonnée pour occuper les jours pluvieux de fin d'été. Bientôt nous redeviendrons comme ces peluches éjectées lors de carambolages, entières, les yeux ouverts, prêtes à repartir après un bon nettoyage.

À présent, on sait. Si l'on t'opère, tu risques de perdre la vue, et comme c'est peu évolutif, mieux vaut ne rien faire. Voilà. Le caillou est tombé dans la mare qui n'en finit pas de faire des remous. C'est quoi la vie devant? Pas de Rigoletta, parce qu'on n'a pas le droit de lui faire ça, pas de sourire parce qu'on nous l'a arraché et que ceux que nous arborons encore sont une sécurité, un laissez-passer qui dit Fichez-nous la paix. Pas de chaleur parce que nous sommes gelés dedans, et que ça n'a pas l'air de s'arranger.

On sait que la reine Claude est un scotch, et que le choix va se faire entre vivre à trois ou perdre ta vue.

Je peux t'offrir mes yeux, me laisser guider, ou si ça ne se peut pas, te promettre de te raconter le monde, de t'aider, pas à te faire les choses, mais à t'apprendre à les exécuter toi-même. Je peux te faire la lecture, ça t'évitera de lire les articles pourris de ce pauvre journaliste qui ne retient de tes passages télévisés que le fait que tu clignais de l'œil. Tu dis que tu vas lui envoyer tes analyses, je te dis que je vais m'en occuper, comme de Miguel, comme de ta mort. Je t'explique que les gens sont des merdes, je souhaite une tumeur à ce type, une tumeur inopérable qui lui bouffe la vue et la parole, et martèle son crâne de coups réguliers, comme un métronome. Je lui souhaite de crever la tête entre ses mains, face au soleil, et sans cligner de l'œil puisqu'il ne verra plus la lumière. Je lui souhaite une déchéance physique sans bornes, que sa femme le quitte, que ses enfants aient honte, que son chien lui pisse dessus, et que personne ne soit là pour lui tendre le bras quand il cognera dans les murs sa canne blanche.

C'est trop facile pour moi de te supplier d'accepter d'être aveugle plutôt que de garder la reine Claude et d'attendre qu'elle mûrisse. C'est facile pour moi de te vouloir aveugle mais en pleine santé, longtemps, de régler le problème en te jurant que je vais remplacer tes yeux. C'est facile, pour moi qui y vois, de souhaiter te garder toujours, et de t'enseigner le monde à ma façon. Je te supplie d'accepter le noir total, toi qui as vu pendant cinquante ans, je te conseille de fermer les volets et de te découvrir dedans, sans peur, sans angoisse, je suis là. Je ferme les yeux pour voir ce que c'est, tout le temps, de se cogner, d'entendre des bruits, et quand je les rouvre, c'est quand même rassurant. Je t'aime alors je comprends que si tu dois fermer les yeux un jour, tu veuilles que ça t'attrape en plein vol. Garde tes yeux, mon cœur, et puisqu'il n'y a rien à faire, regarde-moi, je ne pleure pas, je ne m'adresse pas à un mort, tu es là et on vit, et peut-être qu'on ne sait pas combien de temps il nous reste, mais personne ne le sait, on n'est pas si différents des autres finalement.

Je ne pleurerai plus, peut-être.

Peut-être pas. Je crie, je lâche prise parce qu'on ne trouve pas d'appartement assez vite, parce que je décide que tu ne m'aimes plus puisque je vois bien que tu prends ton temps, jettes un œil distrait sur les annonces que je te tends, repousses la vie qui vient. Je pars, je pleure parce que je te vois tomber, alors je reviens, je pleure parce que je reviens et que je voulais partir, je pleure parce que tu ne vois en moi qu'égoïsme et petits tracas, alors tu enclenches la fanfare. Je ne suis qu'aigreur, dis-tu. Égoïsme, indifférence. Je sais, désespoir aussi. Les couples autour de moi sont heureux en ce moment, ils déménagent, ils n'ont pas de reine Claude installée au milieu, ils se demandent où ils vont bien pouvoir se marier pour que ça sorte de l'ordinaire, ils font un deuxième enfant, et moi je dis oui à ce que tu veux, attendons pour vivre ensemble, attendons les vacances, attendons Noël, attendons l'été, attendons que l'appartement de Mona se libère, et voilà que ça arrive, et je sais que c'est celui dont tu m'as toujours parlé, pour nous, tu disais que ce serait notre lieu idéal, et je te conseillais d'en trouver un libre plutôt, et maintenant qu'il est libre, attendons, tu as raison, attendons qu'il ne le soit plus pour envisager d'y vivre, attendons que tu aies si mal dans la tête qu'elle explose, attendons, c'est si bon, on a trop de temps, qu'y faire.

J'apprends, j'apprends ce matin, parce que hier soir on m'a encore giflée, sans s'en rendre compte, en racontant des bonheurs, j'apprends ce matin parce que tu viens m'empêcher de mourir, j'apprends que la reine Claude officie depuis plus d'un an. Tu m'écris «*Je n'ai pas appris en août que j'étais malade mais un an plus tôt. Ça m'a fait un choc très violent mais je n'ai pas eu peur. Je me croyais invincible. Je me suis rendu compte ce jour-là que je t'aimais passionnément, j'ai juste eu peur de te perdre, je suis allé t'acheter une montre. Je me suis dit, cette fille-là, elle est à moi, elle a une corde autour du poignet, elle ne partira pas. J'ai eu raison. Et ça m'a donné de la force, et encore plus de bonheur. Tout allait formidablement bien. Toi, moi, nous deux, je galopais, j'ai programmé une intervention, j'ai à peine eu le besoin de me reposer, je me suis fait opérer le 12 janvier, le soir même on allait au théâtre. Je crois que tu n'as rien vu, ni deviné. C'était bien. J'étais heureux. Avec le recul, je ne regrette vraiment pas de ne t'avoir rien dit, même s'il y a eu mensonge par omission. Je ne voulais pas t'inquiéter et puis, plus égoïstement, disons-le, je ne voulais pas que tu me quittes. Ça fout la trouille la maladie, je sais. Ça m'a fait un an de rab, c'était donc bien [...]».*

Je n'ai rien senti, je pensais tout savoir de toi, je ne comprenais rien. À l'heure qu'il est, je voudrais prendre ta place, ne pas avoir vu Jésus hier soir, dans le jeu d'optique, chez Mona, où tout le monde voyait Jésus sur le mur blanc, sauf toi. Je voudrais mourir d'une tête qui explose, je voudrais que ce ne soit pas difficile, qu'il n'y ait qu'à laisser faire.

Je voudrais t'aimer moins, te libérer, ne pas chercher encore, à te soigner, à récupérer des minutes, je voudrais t'abandonner comme ça, avec la certitude que c'est bon pour toi de faire comme tu veux, de croire que le temps est infini. Je feuillette mon agenda, je regarde les dates, les événements, où tu savais, où j'étais là, plantée, à te trouver un peu lent pour faire bouger ta vie, mais tu restais figé contre l'urgence. Je ne sais pas aujourd'hui si tu maigris parce que je t'empêche de dormir, ou parce que ton sang est malade. Je ne sais pas. Sur mon carnet, j'ai aussi vu que tu avais appris ta maladie le lendemain du jour où un psychiatre me disait, au bout de trois ans de monologue, que je n'avais plus besoin de venir le voir. Tu m'avais guérie, tu l'as souvent dit, c'est grâce à toi que je n'avais plus jamais faim le soir. Je te l'avais annoncé ce jour-là, que j'étais mise à la porte du psy, et tu étais fier comme tout, tu répétais Grâce à moi...

Qu'est-ce qu'on va faire maintenant ? Compter les moineaux. L'hébétude me

170

prend, la démence et le mou. J'ai vécu un an auprès d'un menteur, et ce n'est pas cela qui me touche, mais de savoir qu'une reine que je croyais en début de règne a pris possession de toi, c'est de savoir que les mois que je dénombrais, devant, sont à présent derrière, savoir qu'on a déjà vécu plus que ce qu'il nous reste, apprendre qu'on tient bientôt le bout du bout, qu'après, il n'y aura plus rien.

Il va falloir que ça s'arrête. Il est six heures du matin et j'ai été réveillée par des larmes. J'ai dû dormir une heure. Hier, on parlait de notre appartement et tu m'as dit *Tu sais, je crois que je vais mourir*. Tu as ajouté que tu venais d'acheter une moto noire et que c'était un signe. L'anecdote m'a énervée, et comme je te l'ai poliment signalé, ça allait bien tes histoires.

Mais pour le reste, je sais. Je sais parce que tu es tout vert, parce que tu es décharné et que tes mots s'enchevêtrent parfois comme si tu avais bu. Cette obsession que tu as de vouloir te supprimer au premier signe d'affaiblissement me tue.

Hier, tu m'as apporté *Claire*, de Jacques Chardonne, *pour te dire que je t'aime*, avais-tu écrit dessus, et je l'ai lu dans la nuit, espérant y découvrir un indice, j'avais peur que ce ne soit une manière de me dire adieu. Tu m'as apporté d'autres livres aussi, après m'avoir expliqué que séjournaient dans ma bibliothèque quelques ouvrages qui n'avaient rien à faire dans une maison de jeune femme. Ça m'a fait rire mais tu as pris ça à cœur. Tu rattrapes le temps en ce moment, tu me dégoûtes définitivement de ceux qui pourraient m'approcher, après. Tu m'apprends comment répondre aux lecteurs qui réclament mon aide pour la rédaction d'un ouvrage, tu me fais des lettres types, tu me pries de toujours garder la tête haute et le dos droit. Tu me demandes de t'aimer plus fort et je ne peux pas, je crois que je ne peux pas, ça ne serait pas possible et ça ne serait pas vrai.

Il va bientôt falloir arrêter d'écrire, je sens que je n'ai plus la force de vivre en poésie, de convertir mon mal en une langue sympathique. C'est le vide maintenant, celui que l'écriture ne remplit plus. Je n'attends plus d'aide des autres, je n'ai plus envie de raconter, d'ailleurs je déteste notre secret alors peu m'importe de le divulguer. Je voudrais apprendre qu'une vie se prépare en moi mais je sais aussi que si elle était là, je la perdrais, à cause des violences.

J'ai cette image de toi de dos dans le couloir, comme si ça allait être la dernière. Pour une fois, j'ai besoin d'allumer la télévision pour vérifier que tu existes encore, que ta voix, au téléphone, à l'instant, était vraie, et que ce week-end à venir va exister. On va aller à Lorient, on courra sur la plage, on dînera avec tes amis. Ils iront acheter de la bruyère, on reprendra l'avion, ils auront l'air heureux de s'aimer, ils se tiendront la main pendant les turbulences, ils nous diront au revoir. On rentrera, on cherchera les défauts de leur couple pour arrêter de penser à ce qui nous attend. On voulait aller au Canada, dans le désert, encore, et retourner à Molène. On voulait fonder notre famille sans faire de terre brûlée avec ta vie d'avant. On voulait vivre encore cent ans et ne jamais se tromper, même après la mort. On voulait se parler toujours bien, pas comme les couples désunis à peine installés. On voulait écrire à quatre mains un dialogue de deux amoureux, ou un scénario, fallait voir.

Je ne sais pas ce qu'on a fait de travers pour que tout cela tombe en miettes. Je te demande pardon de t'avoir abandonné cet été, un jour, parce que je pensais ne plus pouvoir supporter la foule des cons nous empêchant de nous aimer librement et entravant non le lien mais l'espace et le temps. Ce jour n'a servi à rien d'autre qu'à déclencher d'affreux maux de tête, contre lesquels on ne peut rien. Mieux valait ne jamais savoir et continuer de vivre.

Je ressens des douleurs de folle, j'ai mal aux bras et à la tête, mais ce ne sont pas des coups comme dans la tienne, juste un étau qui presse infiniment et sans relâche. J'ai dans la gorge cet ascenseur à piques et parfois, dans le ventre, une balle de feu qui se faufile dans mes coins. Si je me lève, je vais avoir des crampes aux mollets. J'éprouve un dégoût définitif pour les choses de la vie, je n'ai plus de pitié que pour les chiens battus.

Je vais rester fermée sur moi, fixer l'immeuble d'en face. Je vais répondre méchamment au téléphone pour qu'on ne vienne pas me secouer et me dire que ça va aller. J'ai encore mon rayon de soleil qui passera la porte ce soir, et je me serais arrangée un peu avant de le prendre dans mes bras.

Pardon pour toutes les fois où je n'ai pas pris au sérieux la reine Claude, où j'ai pensé que tu me mentais pour me garder. Pardon d'avoir fermé les yeux certains jours et de t'avoir secoué comme un prunier. Pardon pour cette mauvaise plaisanterie. Pardon de flancher au lieu de t'aider à tenir debout, pardon de n'avoir que des grippes à t'offrir parce que je n'ai plus de défense et que j'attrape tout ce qui circule. Pardon de ne connaître de l'amour que l'exclusivité, la rage, le point de non-retour, mais c'est pour cela qu'on s'est choisis, pour explorer le cœur, le corps et la confiance.

Tu dis que ton sang devient blanc, tu me demandes de partir pour Lyon, et je refuse de prendre ce train avec toi, je n'arrive plus à les entendre, à observer leurs sourires complices, lorsqu'ils demandent l'âge de ta gentille fille aussi brune que son père, et qu'ils me tendent des lettres que je voudrais déchirer pour ne plus que tu les lises, parce qu'elles ne servent à rien qu'à bousiller ta tête, et je ne veux plus que tu aies mal. Arrêtez d'écrire, vous ne savez pas quelle taille de majuscule il faudrait employer pour qu'il vous lise sans écœurement. Laissez-nous, il m'a promis d'essayer de se soigner, de consulter, ailleurs, demain, il a dit demain.

C'est ma nuit la plus longue. Tu t'es perdu dans Lyon. Tu devais rentrer à minuit. Il est trois heures et quart et je ne sais pas où tu es. Ça n'est jamais arrivé. J'imagine qu'on a frappé sur ta tête pendant que tu récupérais ta moto, elle est tombée, elle a roulé dans le caniveau. Ou bien la fatigue t'aura empêché de sortir du train... Tu meurs, quelque part dans un garage à TGV. Tu as perdu la mémoire, tu es rentré ailleurs, chez une femme trop émue de te découvrir en vrai, et qui n'a pas bronché quand tu t'es glissé dans son lit. Quand vous vous réveillerez, elle te grimpera dessus et tu auras le sentiment de la connaître depuis toujours.

Je ne sais pas où tu es et je te laisse des messages. Quelqu'un pourrait les écouter, avoir pitié, venir me chercher, il faut m'appeler.

À midi tu es parti en me disant que tu voulais *te flinguer*, avant de me rappeler pour t'excuser et me promettre que tu allais bien, c'était juste pour me faire peur, pour que je ne te lâche jamais.

Tout était simple quand tu étais debout, je n'avais qu'à sonner, tu décrochais. Je ne sais pas où tu vas quand ça se bouscule comme ça, avant c'était ici. C'est la première fois que je te cherche sans te trouver, la première fois que j'allume la radio pour savoir si. Ma dent vient de se casser à nouveau.

Je pense à notre dernier baiser, dans la contre-allée, une seconde du bout des lèvres, pour qu'on ne nous regarde pas. Si c'était le dernier, je n'ai rien vu venir. Mais maintenant que j'y pense, tu es parti en courant.

Avant, tu dormais mal, à cause des pensées noires, tu me racontais les fibrillations de ton cœur dans ces moments-là. Cette nuit, je n'ai pas un cœur qui tord et qui se bat, mais un Klaxon hurlant dans une machine déglinguée.

Je viens d'entendre une alarme rigolote venant de la rue, je me suis précipitée, et j'étais sûre que c'était toi. De la fenêtre du salon, j'ai vue sur ton arbre, et ta place était vide. L'arbre est nu, comme moi dans mon salon, mal extraite du grand lit, incapable de bouger, guettant un signe, debout, statue, pétrifiée, immobile pour ne rien briser.

Je t'attends comme hier, avant-hier, il y a des mois, j'éprouverai un petit pincement de bonheur en entendant le moteur, la fermeture de l'antivol et la porte cochère. On se fera un baiser raté, dans l'entrée, un comme ceux où c'est forcé qu'il en vienne d'autres, après.

Quelque chose s'est passé, je ne sais plus si je veux maintenant savoir quoi. Si je me tranchais la gorge, mon sang coulerait blanc.

J'aurais senti que ça venait si tu étais devenu autrement avant de déménager, mais vraiment autrement, pas simplement étrange, parfois. Je pensais te trouver, un matin, assis par terre dans la

179

cuisine, devant une écuelle de chicorée, les yeux d'une autre couleur, me parlant hébreu ou quelque chose comme ça, les doigts dans le pot de miel, ta barbe de quelques jours rasée de frais, je n'aurais jamais cru que tu puisses ne plus piquer, ça m'aurait déplu. Je pensais que tu préparerais le terrain, ferais en sorte que ça me soulage qu'on te retire. Je pensais que tu allais devenir de plus en plus encombrant, comme un vieux qu'on aime bien, quand même, mais ce serait mieux qu'à présent ça s'arrête, durer pour durer et puis dans cet état, il fait sous lui, il n'arrive plus à mâcher les morceaux.

Je pensais qu'avant de mourir, on devenait différent, étranger au corps précédent, j'attendais d'éprouver un dégoût, un étonnement suivi d'une déception, en continuant à vivre à tes côtés malgré ta maladie. C'était comme s'il y avait eu menace, forte, coriace, comme une jalousie ou un mauvais présage mais comme pour tout le monde finalement, je croyais trop fort en une vie à nous.

J'aurais voulu prendre ta place, savoir que c'était pour bientôt et ne pas te le dire, seulement parler de me flinguer, parfois, pour te faire un peu peur et que tu m'aimes davantage, puis demander pardon et dire que tout va bien, que ce n'était qu'une dernière résurgence d'angoisse irraisonnée, que désormais ça s'appelle rémission, j'aurais voulu mesurer l'impact d'un mot pareil sur ton visage, profiter du retour de ta joie de vivre, de ton optimisme, et te laisser comme une loque après. J'aurais voulu mourir comme toi, un jour, ne pas rentrer de promenade, et que tu te dises Mais non, c'est impossible, ce matin encore, elle arrangeait les fleurs, elle chantait sous la douche, elle a même demandé si ça me plairait d'aller à la montagne cet été, et l'été c'est dans neuf mois, alors si elle savait, pourquoi a-t-elle menti, pourquoi a-t-elle dit que ses examens étaient très bons, qu'il n'y avait plus de souci à se faire.

Et toi si tu savais, pourquoi ne l'avoir pas dit, pourquoi avoir inventé, l'été, le nouveau travail, le prochain enfant, pourquoi avoir satisfait ce besoin de me lâcher d'encore plus haut.

Mourir sans le dire quand l'autre est accroché à tes lèvres, au moindre mot que tu pourrais prononcer ressemblant à demain, à une date, un projet, c'est mourir de mensonge. Moi aussi j'aurais voulu te parler de nos noces d'émeraude, quarante ans, tu le disais il y a un mois, *pour nos noces d'émeraude, il faudra qu'on change le four*. C'était drôle, tu m'as regardée rire, et pour moi c'était comme une évidence, quarante ans minimum, marché conclu, et pour toi c'était comment de savoir que tu ne passerais pas le mois, c'était comment de me faire croire que maintenant tout allait bien, tout irait bien, pendant quarante ans au moins? C'était comment, alors que tu te savais condamné, de regarder mes yeux bouleversés par tellement d'années promises, rendues après des mois d'angoisse sans savoir si tu allais guérir. C'était comment de me caresser parce que c'était la dernière fois, de m'embrasser pour partir avec un peu de moi, de me téléphoner pour ne rien dire, et de m'entendre à l'autre bout, raconter des bêtises, m'écouter revivre, ça y est, il guérit, les médecins le disent, je le raconte à tout le monde, on s'aime plus fort qu'avant, on est invincibles maintenant, je vous souhaite la même chose, c'est ça que je dis aux gens, un bon cancer et tout repart, regardez-nous.

Et pendant que je racontais ça, peut-être que tu t'asseyais souvent pour retrouver ton souffle, tu avais des vapeurs, des étourdissements, la vue brouillée, mal au cœur, à la tête, peut-être que tu allais à l'hôpital, ils te posaient la main sur l'épaule, mesuraient une dose de calmant, et tu rentrais vite, pour que je ne m'inquiète pas. Tu passais ta journée à préparer le soir, où il allait falloir être normal et heureux. Et la nuit, quand je dormais le cœur en fête, déjà réjouie du prochain jour où les gens me serreraient dans leurs bras, encore, me disant Tu vois, maintenant tout ira bien, vous avez gagné... Pendant que mon cœur sautait de joie parce que tu disais Tout va bien mon Amour, appelle le médecin si tu veux vérifier, et que je ne le faisais pas, à cause de la confiance, ton cœur frappait les derniers coups, tu avais mal, et tu regardais le réveil et tu te demandais quand.

Je t'en veux infiniment, je t'en veux à la folie, je t'en veux de ne t'être pas plaint, jamais, ou parfois à travers l'ombre d'une angoisse, à peine, pendant que je m'écroulais, folie ou pas folie, selon l'heure, pendant que je te demandais de ne pas mourir. J'aurais voulu être toi, partir la tête haute, après t'avoir offert le plus beau mois du monde, que je sois bien tranquille après, que tu ne risques pas d'en vivre un si beau, avec une autre, ailleurs, j'aurais laissé mon empreinte, j'aurais eu tout, la maladie, l'amour, le courage et le dernier mot.

Tu ne voulais pas emporter le souvenir d'une épave retranchée dans le lit, tu préférais, avant le saut, me retrouver souriante et heureuse, mais il n'y avait que toi pour me faire devenir et rester comme ça, c'était un mois entre deux existences mortes, je retourne dans le lit.

Je n'ai plus envie d'écrire, c'est fini. Quand j'avais encore un peu d'imagination, je croyais que ça pouvait aider à guérir. Je m'étais fourvoyée. Maintenant, je vais attendre que le téléphone sonne, puisque je ne suis pas faite pour boire la vie jusqu'à la lie, c'est ta mort qui va m'absorber. Maintenant, je vais en vouloir aux gens heureux et ne respecter que les fantômes, maintenant je vais chercher le silence, me faire petit sillon discret recroquevillé dans ta trace et givré dans ton souvenir.

C'est l'histoire d'un marathonien.

Tu veux courir quarante-deux kilomètres. Tu dis que si tu ne le fais pas, tu n'auras pas la force de te battre. Et moi j'aimerais bien te comprendre beaucoup, parce que là, je ne comprends qu'un peu. Je comprends avec mon égoïsme, c'est-à-dire que j'aimerais mieux que tu fasses attention aux secousses. J'ai peur qu'elles disséminent la reine Claude.

Il faudrait que je le fasse avec toi, mais j'en ai assez de courir, je voudrais ralentir, m'asseoir par terre dans la chambre des filles et jouer à la dînette ou au docteur. Je voudrais faire la malade, qu'elles passent leurs petites mains sur moi, et leur stéthoscope nain, je voudrais fermer les yeux pendant qu'elles s'affairent autour de leur maman malade, je

186

voudrais qu'elles me parlent jusqu'à ce que je m'endorme.

Il est temps de préparer le pacte. Pendant que tu épuiseras tes jambes, je lui parlerai. Je sais bien qu'elle va t'attendre dans le public, tu dis qu'il y a des millions de personnes venues encourager les marathoniens, et je la trouverai, dans la multitude. Je me faufilerai jusqu'à elle, la vieille en retrait des barrières, elle aura des dents de lait, des petites quenottes blanches, toutes naines. Ça me fera peur mais je ne le montrerai pas. On ira s'asseoir dans l'herbe, je lui demanderai de te laisser courir en paix. Je lui proposerai de me torturer pour passer le temps. Elle refusera. Pour le moment, il n'y a que toi qui l'intéresses. J'essaierai autre chose, la flatterie, le noir vous va bien mais vous devriez mettre du rose, ça illumine le teint. Je lui demanderai l'adresse de son dentiste, je la féliciterai, c'est très tendance d'avoir ses dents de lait après les définitives. C'est chic.

Elle se relèvera pour marcher vers les marathoniens, je lui dirai Non, non, regardez les écureuils! elle en attrapera un et lui tordra le cou. Elle arrachera sa queue et la fourrera dans sa poche en continuant son chemin vers toi. Je me précipiterai vers un clochard, attention, là, par terre, le pauvre homme, aidez-moi à le relever, il va mal. Elle s'approchera, se baissera, je penserai avoir gagné, mais là, elle lui mordra le cou, j'essaierai de l'arracher de lui mais elle boira son sang, il deviendra tout plat et elle se gonflera comme une grosse tique. Je pleurerai, hurlerai, aidez-moi, appelez la police, empêchez-la de continuer, elle est folle... Mais bien sûr, les gens passeront sans m'entendre.

Elle continuera à marcher vers toi. Je te verrai dans ton petit marcel blanc numéroté, et tu me souriras, je hurlerai Recule, vite, elle est là, et tu me feras des sourires et pouce avec le doigt pour dire que ça va bien. Je franchirai les barrières pour t'expliquer l'urgence, vite mon Amour, viens avec moi, il faut partir, elle est là, elle t'attend au bout. Et tu souffleras Oui mon cœur, à tout à l'heure, attends-moi à l'arrivée. Puis je serai écrasée par la foule des coureurs.

Je te rattraperai, viens je te dis, viens,

mais tu auras déjà les deux pieds à quelques centimètres du sol. Je m'accrocherai à tes chevilles et tu pèseras une tonne. Tu tendras les mains vers le ciel, et moi je crierai Ça suffit Superman, descends, descends. Et je verrai la vieille au-dessus, gonflée comme un ballon, posant deux gros aimants sur tes oreilles.

Je perdrai connaissance, j'entendrai des sirènes, je rouvrirai les yeux pour voir le monde courbé sur toi, occupé à masser tes poumons.

Ensuite ils soulèveront ton corps, et je verrai, posée juste à côté de moi, une espèce de prune en bouillie, le noyau en travers et la chair un peu molle. Je la prendrai dans mes doigts, je la mettrai à la bouche, je mâcherai la reine Claude, et plus je mastiquerai et plus elle grossira. J'avalerai et elle se coincera dans mes poumons, alors je me relèverai et sauterai pour la faire descendre là où je veux qu'elle aille, au pancréas.

Dans trois mois mon Amour, je serai avec toi.

Du même auteur :

Le Grenier, roman, Anne Carrière, 2000.
Je prends racine, roman, Anne Carrière, 2001.

Composition réalisée par INTERLIGNE

IMPRIMÉ EN ESPAGNE PAR LIBERDUPLEX
Barcelone
Dépôt légal éditeur : 42539-04/2004
LIBRAIRIE GÉNÉRALE FRANÇAISE - 43, quai de Grenelle - 75015 Paris.

ISBN : 2-253-07286-9   ✠ 30/3092/1